Un petit supplément drame

© Textes et mise en page : Benoît Houssier
Couverture : freepik (extrait)

Le Code de la propriété intellectuelle interdit les copies ou reproductions destinées à une utilisation collective. Toute représentation ou reproduction intégrale ou partielle faite par quelque procédé que ce soit, sans le consentement de l'auteur ou de ses ayants cause est illicite et constitue une contrefaçon sanctionnée par les articles L335-2 et suivants du Code de la propriété intellectuelle.

À tous les exilés.

Le chaos est rempli d'espoir
parce qu'il annonce une renaissance.

Coline Serreau

Drame - d'après le lexique du Centre National de Ressources Textuelles et Lexicales : Genre théâtral dont l'action généralement tendue et faite de risques, de catastrophes, comporte des éléments réalistes, familiers, selon un mélange qui s'oppose aux principes du classicisme, aux XVIIIe et XIXe siècles (s'oppose à la tragédie et à la comédie classique).

Cette œuvre étant une fiction, toute ressemblance avec des situations réelles ou avec des personnes existantes ou ayant existé ne saurait être que fortuite. Cependant, la réalité n'est pas loin parfois et des propos ou des scènes pourraient heurter la sensibilité de certains lecteurs. L'objectif n'étant en aucun cas de blesser quiconque, rappelons que personne n'est obligé de lire une histoire jusqu'au bout.

Un petit supplément drame

Première partie

Un matin comme les autres, Vasko se réveille dans son petit logement. Il résiste à l'envie de rester allongé, se lève lentement. Son corps se déroule machinalement. Une fois debout, il actionne le distributeur mural pour recevoir sa ration matinale : une poignée de granulés qu'il mâche en regardant par le hublot. La rue à l'étage au-dessous est étroite et grise, comme toutes celles du quartier, comme toutes celles de la ville, au pied de tours dont quelques-unes dépassent le brouillard permanent. C'est une rue embrumée, comme l'esprit de Vasko. Sur les trottoirs, des silhouettes anonymes forment un flot régulier. Le regard de Vasko traîne le long du mur lisse. Puis il rejoint la cabine de dépoussiérage où il passe une minute. Puis il enfile ses vêtements de travail : pantalon brun, chemise marron et veston anthracite, la tenue des archivistes. Vasko n'a pas choisi cette fonction. Elle lui a été assignée par l'administration qui gère les parcours existentiels. Il n'en tire aucun plaisir. Il ne ressent rien de toute façon. Il travaille simplement parce qu'il ne connaît pas d'autre manière de vivre et qu'il doit payer son loyer, sa nourriture et sa tenue, renouvelée chaque année. Vasko a changé vingt-sept fois de tenue depuis qu'il a été affecté à son unité d'archivage. Dès qu'il a su marcher et parler, il a été préparé à cette fonction. Ainsi, après avoir changé treize fois de tenue de disciple pendant ses années de formation, il a été titularisé pour rejoindre son affectation. Depuis, chaque matin, il quitte son logement pour rejoindre le flux des travailleurs qui se rendent à leur poste.

La rue murmure du frottement des vêtements de travail et du moteur des véhicules qui transportent ceux dont les postes se situent au-delà du quartier. Les silhouettes avancent tête baissée. Les conversations ne sont pas autorisées en dehors des échanges nécessaires. Entre les pas réguliers se faufilent des bestioles pressées. Parfois, Vasko relève le nez et son regard se perd dans la brume qui monte le long des murs. Les parois percées de hublots alternent avec les lignes de tuyaux et de câbles d'alimentation des installations domestiques. Le brouillard dégouline sur les façades et ruisselle à leur pied pour se fondre au milieu de la rue en une coulée poisseuse. Vasko arrive à son bâtiment de travail. Une porte coulisse automatiquement à son arrivée, actionnée grâce au badge implanté dans son cou. Son immatriculation l'autorise à prendre l'ascenseur pour accéder à l'étage où se trouve son espace de travail. Il attend que ses collègues aient tous rejoint leur poste. Chacun s'assoit alors à son bureau et active son écran de contrôle.

La tâche des archivistes consiste à vérifier les faits et gestes des habitants en observant les vidéos de contrôle. Vasko suit le protocole. Sa journée commence par l'observation d'un disciple. Ce dernier a effectué son dépoussiérage et absorbé ses granulés. Puis il a rejoint son affectation d'apprentissage en suivant le flot des travailleurs de son quartier. Vasko confirme que le disciple est bien arrivé. L'habitant qu'il observe ensuite participe à la reconversion d'un musée désaffecté. Lui aussi a procédé à son dépoussiérage et à son alimentation avant de se rendre sur le chantier. Vasko consigne la fiabilité des données et poursuit sa veille systématique. Chaque jour, avec ses collègues, il enregistre aléatoirement les faits et gestes de millions de leurs semblables. Sa journée se déroule dans une ambiance rigoureuse, rythmée par les cliquetis des claviers sur lesquels ils pianotent pour remplir les formulaires de suivi. La personne suivante est une femme qui travaille dans une usine de granulés. Elle est surveillante de production. Son écran lui indique le suivi des dosages et si les ouvrières sont toutes à leur place. L'une d'elles étant absente, elle signale l'anomalie pour procéder au remplacement de l'ouvrière. Vasko informe le bureau des affectations qui transmet à une disciple de se rendre à ce poste. Cette dernière apparaît sur l'écran d'un collègue de Vasko qui valide la nouvelle fonction de la disciple devenue ouvrière. Elle restera à cette place jusqu'à la fin de ses jours. L'ouvrière absente apparaît sur l'écran d'un autre archiviste. Elle est alitée. L'archiviste note qu'elle n'a pas été dépoussiérée. Elle n'a pas pris non plus sa ration de granulés. Son badge confirme qu'elle est défaillante. Ses données médicales sont transmises au service de recyclage.

Pour pallier le manque d'espace et réguler la démographie, les problèmes de santé sont confiés aux recycleurs. Les malades sont anesthésiés avant d'être incinérés dans des chaufferies qui alimentent les radiateurs domestiques. Le système est robotisé afin qu'aucune manifestation d'empathie ne vienne enrayer la machine. Le logement de la recyclée est mis à disposition d'un disciple qui vient d'être affecté à la surveillance des systèmes de transmission des données. Ces dernières sont stockées dans les étages des administrateurs système. Cette catégorie de la population ne connaît ni la rue brumeuse ni les petits logements. Leurs faits et gestes sont archivés par des unités spéciales, sélectionnées parmi les administrateurs système. Rares sont ceux qui savent où sont stockées leurs données.

C'est l'heure de la pause et Vasko suit le flot des archivistes qui s'alignent devant les distributeurs de granulés. Pendant ce temps, au dernier étage d'une tour, un homme contemple la mer de nuage à ses pieds. Il marcherait volontiers sur ce tapis moelleux, mais il sait qu'il vaut mieux éviter. Il risquerait de s'écraser dans une rue sordide après une longue chute dans le brouillard. « Mieux vaut que chacun reste à sa place », murmure-t-il. Une voix demande : « Monsieur désire-t-il quelque chose ? » « Non merci Dalfer, je pensais tout haut. Mets-toi en veille. » Le cyberviteur s'immobilise dans un coin de la pièce et l'homme s'installe à son bureau. Ses doigts naviguent sur un écran. Il valide des affectations, consulte des plans, transmet des ordres. Son travail l'ennuie un peu, mais Bob Grither sait qu'il fait partie des quelques centaines de veinards qui vivent en dehors du brouillard. Entre deux manipulations, son regard s'évade, délaissant les basses besognes. Les fonctionnels suivent les protocoles. Il n'a qu'à vérifier de temps en temps que la machine est bien à flots.

Parfois, il imagine recréer un de ces véhicules qui voguaient, toutes voiles dehors. Mais ses rêveries ne durent pas. La plupart du temps, une consigne le rappelle à sa tâche. Une note apparaît justement sur son écran, l'informant qu'il doit veiller au démantèlement d'une bibliothèque. L'incinération des ouvrages fournira de l'énergie pour les logements des fonctionnels. Les doigts de l'homme glissent sur l'écran. L'information descend et apparaît sur l'écran de Vasko.

L'archiviste vérifie que le superviseur du chantier est bien à son poste. Sur un écran voisin, son collègue observe un ouvrier qui empile des livres sur un chariot. L'observateur confirme que l'ouvrier, Roman Imemi, accomplit correctement sa tâche. Il vide consciencieusement les étagères et, lorsque le chariot est plein, il le pousse à l'entrée où un autre ouvrier l'emmène vers un camion-benne. Le chariot est soulevé et retourné par un bras articulé pour le vider. Pendant ce temps, Roman retourne avec un chariot vide vers les rayonnages.

Une odeur de vieux papier sature l'atmosphère. L'odeur rappelle quelque chose à Roman, mais il ne se souvient pas précisément de quoi il s'agit. Il remplit plusieurs chariots de livres puis arrive aux ordinateurs. Il débranche les claviers et les écrans qu'il place ensuite dans son chariot. Sur un bureau, un petit objet plat attire son attention. Il ne sait pas ce qu'est un disque dur externe, mais il le glisse dans sa poche.

L'écran de Bob Grither affiche une alerte [**comportement suspect**]. L'administrateur système consulte la vidéo et voit l'ouvrier glisser l'objet dans sa poche. Bob transmet l'information à son superviseur. Ce dernier informe le service de recyclage qu'un ouvrier devra être anesthésié à la fin de la journée. Roman ignore qu'il ne se réveillera pas demain. Il remplit un dernier chariot avant de se rendre au stade pour assister à la célébration quotidienne.

Chaque soir, les agents de recyclage se rassemblent sous le drapeau pour chanter l'hymne officiel. Les habitants assistent une fois par mois à la cérémonie. Les gradins sont bondés, car les administrateurs veillent à ce que le nombre de spectateurs soit supérieur au compte de places assises. La foule applaudit l'entrée des recycleurs qui arrivent au pas sous le drapeau. Ils ont fière allure dans leurs uniformes blancs amidonnés, alignés par centaines en rangs serrés. Lorsque la musique claironne dans les haut-parleurs, ils mettent tout leur cœur dans cet hommage et leurs voix portent haut les valeurs du système.

Allons habitants de Megakarta
Faisons notre devoir pour prospérer
Que jamais nos corps ne faiblissent
Que toujours nous soyons alignés

À ce moment de l'hymne, tous sortent le sexe de leur voisin et le masturbent vigoureusement. Les écrans géants diffusent en gros plans les recycleurs les plus vaillants. Le chant se poursuit avec entrain.

Entendez-vous dans nos services
Travailler ces valeureux ouvriers
Ils suivent le protocole sans ciller
Accomplissent leur devoir appliqué

Les spectateurs accompagnent le refrain en se levant avec enthousiasme.

Aux corps unis tout convient
Formons de beaux rejetons
Branlons branlons
Que notre semence assure
L'avenir de la population

À ces mots, les recycleurs éjaculent dans des éprouvettes qu'ils posent sur un chariot. Leur semence est ensuite acheminée dans les centres de production in vitro où sont créés les habitants selon les besoins. La cérémonie se termine par la dernière note, tenue sur la dernière goutte. Puis les rangs se rhabillent et rejoignent en cadence leurs dortoirs sous les applaudissements des spectateurs. La foule se disperse et chacun regagne son logement.

Le jour suivant est un matin comme les autres. Vasko se réveille et passe à la dépoussiéreuse. Il s'habille, mâche sa ration alimentaire puis sort de son logement. Devant la porte, un chat l'attend avec un rat dans la gueule. Le félin regarde fièrement Vasko. Ce dernier ne s'attarde pas. Il est interdit de posséder un animal. L'archiviste se mêle à la foule des travailleurs qui se rendent à leur poste. Le brouillard les enveloppe encore plus que d'habitude. Vasko arrive au bâtiment des archives. Il rejoint ses collègues dans l'ascenseur, s'installe à son poste puis enchaîne les opérations de surveillance. La première consiste à valider l'anesthésie d'un ouvrier. Roman Imemi est absent. Vasko observe un instant son écran, incertain de la marche à suivre. « Où est passé cet ouvrier ? » dit-il à voix haute, sans que personne ne se soucie de cette question. Le protocole lui revient, mais sans savoir pourquoi, au lieu d'envoyer un signalement de disparition, il confirme que la prise en charge par le service de recyclage à été effectuée. Puis il informe le département des affectations de logement que celui-ci est vacant. Il enchaîne ensuite les tâches banales. Pendant la pause ration, il repense à l'ouvrier. "Où est-il passé ?" se demande-t-il.

Le soir, au lieu de rentrer directement chez lui, il se rend au logement de Roman. La porte est ouverte. L'ouvrier, venu récupérer ses affaires, se retourne à l'arrivée de Vasko et s'apprête à s'enfuir.
- Je ne vous veux aucun mal, lance l'archiviste.
- Et pourquoi je vous ferais confiance ? interroge l'ouvrier.
- Parce que j'aimerais vous aider.
Roman entraîne Vasko à l'extérieur, en disant : « Ne restons pas là. »
L'archiviste acquiesce : « Vous avez raison, marchons tête baissée l'un derrière l'autre. »
Dans la foule, les deux hommes poursuivent leur conversation en chuchotant.
- Pourquoi voulez-vous m'aider ?
- Parce que je n'ai jamais vu quelqu'un agir comme vous. J'aimerais comprendre.

- Il n'y a rien à comprendre. J'ai trouvé un objet et j'ai eu envie de savoir ce qu'il contenait. En rentrant chez moi hier, j'ai vu que des recycleurs m'attendaient. J'ai fait demi-tour et je ne suis revenu que ce soir.
- Passez-moi l'objet que vous avez trouvé, que je jette un œil.
Roman lui confie le disque dur.
- Il me semble, commente Vasko, que c'est une sorte de boîte d'archives. Je vais l'examiner et je vous dirai ce qu'il contient. Où pourrais-je vous retrouver ?
- Je connais un théâtre désaffecté, je vais me cacher là-bas tant qu'il n'est pas démantelé.

Ce soir-là, Bob Grither se rend chez son superviseur pour recevoir ses instructions concernant un ouvrier en fuite. En effet, la validation de son recyclage a été transmise par les archives, mais les recycleurs n'ont pas confirmé. Le superviseur l'attend dans son bureau, debout face à un tableau représentant une crique marine où dégoulinent des montres molles.

- Bob, vous connaissez la légende selon laquelle Megakarta est entourée d'océans ?
- Non, Monsieur.
- Et savez-vous ce qu'il se passerait si quelqu'un confirmait cela ? poursuit le superviseur, en haussant légèrement le ton.
- Non, Monsieur, répond Bob Grither, sans quitter des yeux la toile hypnotique.
- Les fonctionnels retrouveraient la mémoire, tout simplement. Ce serait désastreux ! Notre système s'effondrerait et Megakarta imploserait.
Puis, libérant sa colère, le superviseur lance :
- Alors, vous allez me retrouver ce fugitif et plus vite que ça, ou je vous fais recycler !
- Bien, Monsieur, conclut l'administrateur, avant de quitter la pièce avec empressement.

De retour chez lui, Vasko se demande comment examiner le contenu du disque dur sans attirer l'attention. "Il faudrait que j'emporte un écran du bureau jusqu'ici pour être tranquille", pense-t-il. Puis il pose l'objet sous son matelas et s'endort. Cette nuit-là, Vasko rêve d'une forêt luxuriante. Il marche au milieu de grands arbres couverts de lianes. L'air est chaud et humide. Des fleurs exhalent des parfums capiteux. Les branches bruissent de présences animales. Soudain, une panthère sort de la végétation basse, un rongeur dans la gueule. Vasko se réveille en sueur. Il reprend ses esprits et ouvre la porte au chat qui lui a apporté une nouvelle offrande. « Je me demande bien par où tu entres, toi ! » interroge-t-il, sans attendre de réponse de l'animal. Puis il passe à la dépoussiéreuse, une minute de plus que d'habitude. Il avale ensuite sa ration de granulés et, en sortant de chez lui, il caresse machinalement le chat. Le geste n'échappe pas à la vidéosurveillance, tandis que l'image, avec un message clignotant [marque d'affection], apparaît sur l'écran de Don Kimi, chargé de veiller aux bonnes mœurs des habitants.

Don Kimi est membre des Oudjaïnites qui gèrent les cultes réservés aux moines et s'assurent du respect du dogme. Les Oudjaïnites, contemplatifs adorateurs du ciel, vivent dans des monastères au sommet de tours dont les étages inférieurs sont remplis d'œuvres d'art. Avant le démantèlement des bibliothèques, ils prélèvent les ouvrages les plus précieux. De même, dans les musées, ils récupèrent les œuvres majeures. Bien qu'ils ne se mêlent pas aux autres habitants, ils vivent comme eux : dépoussiérage, granulés, apprentissage de leur fonction dès leur plus jeune âge et recyclage en fin de vie ou en cas de faux pas. En plus de cela, ils suivent des rites quotidiens qui visent à élever leur âme. Certains Oudjaïnites participent à la direction des opérations de Megakarta avec des administrateurs système sélectionnés pour former le directoire. D'autres, comme Don Kimi, sont chargés de vérifier qu'aucun comportement ne nuit à la morale officielle.

Chez les Oudjaïnites, la journée commence par la première prière du culte quotidien. Les moines se rassemblent au sommet des tours et se dressent face au ciel en levant les bras.

Un officiant déclame les vers sacrés repris par l'assemblée :

Honneur à toi immensité
Nous te vouons respect et adoration
Tu es notre guide et notre protégé
Élève nos âmes au-delà de leurs destinations
Pour ta gloire, notre grandeur
Et le sacre de ta splendeur

Les moines se penchent ensuite solennellement et s'assoient en tailleur. Leurs mouvements animent leurs vêtements amples dont ne sort que leur tête aux cheveux courts teints en bleu. Les corps oscillent au rythme des voix émettant une lente mélopée. Puis un long silence précède la lévitation collective. Les corps se soulèvent ensemble et flottent quelques instants avant de se poser à nouveau. Ensuite les moines se relèvent en un seul mouvement et se dispersent sans bruit.

Après la prière matinale, Don Kimi allume son écran où s'affichent les images de Vasko. Le moine visionne les vidéos de l'archiviste qui avale sa ration, passe à la dépoussiéreuse, caresse le chat puis sort de son immeuble et se dirige vers son lieu de travail. En marchant, Vasko se demande comment brouiller les pistes. Il pressent qu'il est surveillé. L'odeur de poussière de la rue lui apporte comme un souvenir. Il se revoit assis en tailleur au bord d'un plateau rocheux. Il ferme les yeux, mais il perçoit qu'une immensité de sable l'entoure. Il sent la caresse du soleil sur sa peau, le souffle du vent dans ses cheveux, le bleu du ciel au-dessus de son corps immobile. La masse rocheuse le porte comme un vaisseau de pierre au milieu d'un océan de poussière. Il est une partie du tout et se sent connecté à toutes les parties qui l'entourent. Son cœur prend davantage de place dans sa poitrine et il irradie de lumière. En ouvrant les yeux, Vasko réalise qu'il est arrivé aux archives. La porte s'ouvre et il entre dans le bâtiment. Don Kimi valide l'arrivée du suspect à son poste de travail.

Pendant ce temps, Bob Grither se rend au quartier des recycleurs pour leur ordonner de chercher Roman Imemi.

Bob déteste sortir de son bureau, mais il doit s'assurer personnellement que les recycleurs vont se charger de recycler le fugitif. Heureusement pour lui, il n'est pas obligé de descendre dans le brouillard, ou pire, dans la rue. Des passerelles permettent aux administrateurs système de se déplacer d'une tour à l'autre vers les services nécessaires à leurs fonctions. Bob arrive à l'étage des recycleurs, au moment où ils s'entraînent au corps à corps. Leurs mouvements alternent entre puissance et souplesse, force et agilité. À l'arrivée de l'administrateur système, le capitaine ordonne aux recycleurs de se rassembler. Immédiatement alignés comme à la parade, ils semblent ne jamais se départir de leur rigidité fanatique.

- Que nous vaut l'honneur de votre visite, monsieur l'administrateur ? demande le capitaine.
- Je souhaite que vous arrêtiez un fugitif qui s'est enfui avant d'être recyclé.
- Ce sera fait, Monsieur. Ces quatre recycleurs sont à vos ordres. Indiquez-leur le quartier à fouiller, transmettez-leur les

éléments dont vous disposez et votre homme sera recyclé.
Puis, désignant les recycleurs missionnés, ces derniers sortent du rang en répondant d'une seule voix : « À vos ordres, Monsieur ! » et suivent l'administrateur pour recevoir leurs instructions.

Après avoir allumé son écran et assuré quelques opérations d'archivage, Vasko s'arrange pour que les images le concernant confirment que sa vie se déroule normalement. Il accède également à ses données personnelles et active son autorisation d'accès à toutes les issues dotées d'un détecteur de matricule. "Je devrais circuler plus librement en cas de besoin", pense-t-il. Puis il quitte son poste et se rend à la réserve pour « emprunter » un écran qu'il glisse sous son veston. Sa capacité à agir avec sérénité l'étonne autant que ce souvenir qui lui est revenu en venant au travail. Il se demande si un lien existe entre les deux. Mais ses missions l'accaparent le reste de la journée et il n'a pas le loisir de réfléchir à ce qui lui arrive. Avant de

partir, il vérifie qu'il a bien programmé ses images d'archives pour que les caméras le croient en train de rentrer chez lui. Puis il quitte son poste et passe chez un recyclé prendre des vêtements d'archiviste pour que Roman passe inaperçu, plutôt que de garder sa combinaison orange un peu trop repérable. Il le rejoint ensuite dans le théâtre désaffecté où l'ex-ouvrier s'est réfugié.
- Voilà de quoi te faire discret quelque temps, déclare Vasko en lui tendant les vêtements.
- Merci, répond l'homme avec reconnaissance. Je ne sais pas ce que je ferais sans toi. As-tu réussi à découvrir ce que la boîte contient ?
Vasko fait non de la tête, en sortant l'écran de son veston.
- Pas encore, mais je vais regarder ce soir.

De retour chez lui, Vasko laisse entrer le chat et sort la boîte de sous son matelas. Il la connecte à l'écran et examine son contenu. Des fichiers défilent. La première archive que Vasko visionne s'intitule : Pina Bausch, *Le Sacre du prin-*

temps. La musique et la danse bouleversent l'archiviste. Il n'a jamais rien vu d'aussi fort, d'aussi étrange. Les corps évoluent en spasmes en suivant des notes saccadées, cuivrées, percussives. Des larmes coulent sur son visage, son corps frémit en rythme et il enchaîne les fichiers. Il aimerait ne plus quitter cette troupe de danseurs et passe la nuit à visionner d'autres contenus.

Mais au matin, il s'aperçoit qu'il va être en retard au travail. Il se dépoussière rapidement et avale une ration alimentaire sans mâcher. Puis il quitte son logement après avoir caressé le chat qui l'attend à sa porte avec une nouvelle proie. « Désolé mon ami, mais je dois filer. » Dans la rue, les mouvements répétitifs des gens qui vont au travail hypnotisent Vasko. Son esprit divague, il se voit danser avec les passants. Les bruits de la ville rythment les pas. Les silhouettes stoppent, se courbent, se redressent et enjambent des failles imaginaires, pivotent pour marcher en travers, puis sautillent sur place, avant de reprendre leur cours habituel. Vasko revient à lui en arrivant aux archives, un grand sourire illumine son visage. Puis il consacre sa journée aux tâches qui lui sont assignées.

Don Kimi constate sur son écran que Vasko arrive une minute en retard sur son horaire habituel et s'aperçoit que les images le concernant sont répétitives. "Tu crois m'avoir comme ça, petit malin ?" pense-t-il. " Je vais te laisser un peu d'avance avant de te coincer." Il décide alors d'attendre que Vasko sorte du travail pour le prendre en filature.

Sur l'écran de Vasko, les individus défilent. Des vies sans histoires, répétitives, routinières. Les procédures s'enchaînent, sans lien les unes avec les autres. La pause ration le sort à peine de sa torpeur. Il préférerait poursuivre son étude du contenu de la boîte. Il se demande quelles sensations nouvelles lui offriront ses prochaines découvertes. Il retourne à son poste sans conviction, valide les informations observées, renseigne les fiches de données. Mais une image vient ensoleiller sa journée. Une ouvrière apparaît à l'écran. Debbie Tchimla est affectée à la production de granulés alimentaires. Vasko ne peut détacher son regard du visage de la jeune femme. Il n'a jamais éprouvé une telle sensation. Une information clignote sur l'écran et sort l'archiviste de sa contemplation : [**validez l'occupation du poste**]. Vasko confirme et mémorise l'adresse de l'ouvrière.

Déguisé en ouvrier, Don Kimi se mêle à la foule des travailleurs. L'atmosphère poussiéreuse de la rue le dégoûte, mais il se concentre sur son objectif : surveiller le suspect. L'archiviste sort justement du bâtiment. L'Oudjaïnite le suit de loin. Rien dans le comportement de Vasko ne laisse penser qu'il a des activités illicites. Tenue impeccable, mouvements neutres dans le flot des travailleurs rentrants chez eux. Don Kimi le file jusqu'à son logement. Le suspect entre, puis un hublot s'allume au premier étage. Vasko ne soupçonne pas la présence de son poursuivant. Il continue d'explorer le disque dur externe, où il découvre l'expression "supplément d'âme" en lisant l'extrait d'un vieux livre de Rihen Sonberg, *L'esprit au service de la technique*. L'idée l'intrigue et il décide d'aller en parler à Roman. Depuis la rue, Don Kimi aperçoit le hublot s'éteindre et pense : "C'est ça, repose-toi bien avant que je t'attrape ! Je reviendrai demain." Il s'apprête à quitter son poste d'observation quand s'ouvre la porte de l'immeuble d'où sort Vasko. L'Oudjaïnite se renfonce dans un coin et laisse l'archiviste s'éloigner.

À quelques rues de là, les recycleurs s'approchent de l'ancien logement de Roman. Bob Grither leur a ordonné de commencer leur investigation par cet endroit où vivait l'ouvrier. Les quatre hommes entrent dans l'immeuble et montent à son logement. Ils ouvrent la porte sans s'annoncer, surprenant le nouvel occupant en train de mâcher sa ration du soir. Stupéfait par cette entrée inattendue, l'homme crache ses granulés qui viennent maculer les uniformes blancs des recycleurs. Les intrus ne font aucun cas de l'incident et l'un d'entre eux attrape l'habitant par le col en demandant : « Tu n'as rien remarqué de suspect ici ? » L'interpelé bafouille que non, en époussetant nerveusement la tenue de celui qui le soulève du sol. Le recycleur le jette sur son matelas en aboyant : « Préviens-nous si quelqu'un te rend visite ! » Puis les enquêteurs quittent les lieux, laissant l'ouvrier abasourdi. Suivant les instructions de Bob Grither, ils se rendent ensuite au dernier chantier sur lequel Roman travaillait. Sur le trajet, leurs quatre paires d'yeux scrutent les moindres détails, espérant trouver une piste, mais en vain. Arrivés à la bibliothèque, ils observent les endroits où Roman est passé, en comparant les archives vidéos le concernant avec les lieux qu'ils inspectent. Aucun indice ne leur laisse pour autant envisager une piste à suivre. L'un des recycleurs déclare : « Nous reviendrons demain interroger les ouvriers de ce chantier. » Puis ils retournent à leur quartier au pas de course, en longeant les rues, en passant devant des immeubles d'habitation, des tours de service et un théâtre désaffecté.

Non loin de là, Vasko marche d'un bon pas, l'esprit échauffé par tout ce qu'il a envie de raconter à Roman. Soudain, il sent derrière lui une présence et choisit de changer d'itinéraire. Plutôt que de se rendre directement au théâtre désaffecté par des petites rues, il emprunte les artères principales où se massent encore de nombreux habitants en train de rentrer chez eux. Vasko se faufile entre les corps et se courbe pour tenter d'échapper à son poursuivant. Profitant d'un croisement avec une rue perpendiculaire, il s'engouffre voûté vers cette issue et se dissimule sous un porche. Gardant un œil sur le flot continu des passants, il aperçoit un ouvrier qui semble chercher quelque chose. Il n'a pas l'air d'un ouvrier. Vasko ne sait comment définir cet aspect, plus aérien peut-être. Toujours est-il que l'homme poursuit sa route sans le voir. Un dernier détail capte l'attention de Vasko avant que son poursuivant ne disparaisse dans la foule, bien que le soir tombe, il remarque que les cheveux sous la casquette sont bleus.

Don Kimi enrage. Il bouscule les passants et avance en pressant le pas. « Où est passé cet oiseau de malheur ? » marmonne-t-il, sans que personne ne lui réponde. Devant lui, les gens s'écartent pour laisser passer un groupe de recycleurs pressés qui le bousculent sans s'arrêter. Après quelques pas énervés dans la foule, l'Oudjaïnite se rend à l'évidence. Il a laissé filer sa proie. "Tu ne perds rien pour attendre ! Je vais te cueillir chez toi quand tu y retourneras", pense-t-il. Puis il revient se poster à proximité de l'entrée de l'immeuble de l'archiviste.

Entre-temps, Vasko a rejoint son ami.
- Nous devons trouver un autre endroit où nous cacher ! dit-il à Roman. J'ai été suivi par un homme déguisé en ouvrier, mais il n'en avait pas l'allure et ses cheveux étaient teints en bleu. Tu es sûrement recherché toi aussi.
- Tu as raison. Restons-là cette nuit et trouvons un refuge pour demain. Quant aux cheveux bleus, il me semble que c'est une tradition chez les Oudjaïnites.

Soyons prudents, leur réputation ne donne pas envie de les connaître. Tu as gardé la boîte avec toi au moins ?
- Oui je l'ai emportée, car je voulais te faire écouter quelque chose.
Puis Vasko parle de supplément d'âme, en écoutant *La mer* de Claude Debussy. Les notes s'envolent dans le théâtre désaffecté et les deux fugitifs ferment les yeux, se laissant emporter par les vagues des instruments. C'est la première fois que Roman entend de la musique. L'émotion l'étreint. Vasko est absorbé lui aussi et se retrouve à bord d'un voilier surfant sur les éléments déchaînés. Ses gestes sont précis. Il manœuvre le bateau avec dextérité. Il fait corps avec son embarcation. Tout à coup, une vague d'embruns le gifle et il revient à la réalité. Roman le sort de sa torpeur :
- Ça va ? T'étais parti loin on dirait !
- Oui ça m'arrive parfois. Comme si je revivais des souvenirs.
- La musique s'est arrêtée. Il faut qu'on décide où se cacher.
- Peut-être pourrions-nous aller chez cette femme que j'ai découverte aujour-

d'hui. Elle avait une lueur dans le regard qui m'a fait penser à cette idée de supplément d'âme.

Debbie Tchimla dort profondément quand Vasko toque chez elle. La jeune femme émerge et entrouvre sa porte, étonnée de recevoir la visite de deux archivistes à cette heure matinale.
- Bonjour, excusez-nous de vous déranger, nous avons un service à vous demander. Pouvons-nous entrer s'il vous plaît ?
L'ouvrière hésite un instant puis accueille Vasko et Roman :
- Que puis-je pour vous ?
Vasko résume leur situation :
- Roman a dérobé un objet et nous sommes en fuite. Nous pensons que vous pouvez nous aider.
Sous le charme de la jeune femme, les mots lui manquent pour continuer son récit. "Elle est encore plus belle que sur les vidéos des archives", pense-t-il.
Roman poursuit :
- Nous aimerions atteindre la frontière de Megakarta. J'ai entendu des légendes qui prétendent qu'elle existe, mais je

n'en suis pas sûr. Il semblerait qu'au-delà de la ville s'étend une jungle infranchissable.

Debbie confirme :

- J'ai surpris une conversation quand j'étais disciple, quelqu'un disait qu'un mur sépare la ville des mégalopoles voisines ou peut-être qu'il y a un vaste océan ou une très haute montagne. En tout cas j'aimerais bien un jour arriver à la frontière et peut-être aller plus loin encore.

Vasko reprend :

- Je savais que nous pourrions compter sur toi.

- Oui, poursuit Debbie, je vous propose d'en parler avec ma collègue Gina. Il nous arrive de discuter à la pause ration et sur le trajet de l'usine. Je pense qu'elle serait partante pour nous accompagner.

- Parfait, conclut Vasko. Tu penses qu'on peut la rencontrer maintenant ?

- Oui elle habite près d'ici, allons-y !

Ce matin-là, les premiers fonctionnels gagnent leurs affectations et Don Kimi fait le guet près de chez Vasko. Il s'est assoupi durant la nuit et pense que l'archiviste est rentré chez lui. "Que fait-il bon sang ? Il devrait déjà être parti aux archives !" Tous les hublots sont éteints et personne n'est sorti de l'immeuble depuis un bon moment. L'Oudjaïnite décide d'aller vérifier le logement du fugitif. Il entre dans le bâtiment, parvient à l'étage et ouvre la porte, mais la pièce est vide. Il enrage et quitte les lieux en claquant la porte. Puis il regagne le monastère où il annonce à son supérieur la fuite de Vasko. « Je vais en informer le directoire », déclare le prieur qui se rend alors à l'étage de l'instance suprême pour demander audience. Puis il patiente, le temps que l'assemblée soit prête à le recevoir. Pendant cette attente, le prieur médite sur une œuvre qu'il a récemment analysée, après qu'elle ait été extraite d'un musée. Une couturière enceinte, horrifiée, est assaillie par un ange de la mort menaçant. "Cette toile me rappelle cette autre peinture où un ange annonce à une femme qu'elle va mettre au monde l'enfant de Dieu. Comme si les deux artistes dialoguaient à cinq siècles de distance, l'un révélant un idéal d'amour et d'espérance, l'autre une accumulation de violence et de peur. Heureusement que nous ne laissons plus les émotions s'exprimer, ni les artistes exposer leur vision du monde, on n'aurait jamais la paix !" Son âme s'envole entre les deux représentations, au-dessus desquelles il flotte un instant. Puis un cyberviteur lui annonce qu'il va être reçu par le directoire.

Aux archives, on constate que deux ouvrières manquent à leur poste. Gina Sarandoni et Debbie Tchimla apparaissent sur des écrans d'archivistes qui signalent leur absence. Bob Grither est informé de leur défection et son sang ne fait qu'un tour. "Je parie qu'elles sont avec l'autre ouvrier !" pense-t-il, avant de quitter son bureau pour aller en informer son supérieur. Ce dernier estime que l'affaire doit être transmise au directoire. Il conclut, passablement irrité : « Je me charge de prévenir le conseil. Pendant ce temps, retournez auprès des recycleurs pour vous assurer qu'ils avancent dans leur investigation et qu'ils mettent enfin la main sur ces fuyards. »

Sur le chemin de l'usine, Vasko et Roman suivent Debbie discrètement. Cette dernière retrouve Gina. Les deux femmes marchent l'une à côté de l'autre sans se regarder et les deux amis n'entendent pas leur conversation à voix basse.

- Gina, nous devons partir. C'est le moment !
- Qu'est-ce que tu racontes ?
- J'ai rencontré deux hommes avec qui nous pouvons quitter cette galère. Ils veulent aller à la frontière.
- Tu es folle ma pauvre ! On va se faire recycler !
- Que vaut la vie sans risque ? Nous avons si souvent parlé de cette frontière que j'ai bien envie de la voir maintenant. Nous n'aurons pas d'autre occasion.
- Ok, mais laisse-moi les rencontrer d'abord. Tu te souviens du musée dont je t'ai parlé ?
- Oui, bien sûr.
- Les locaux doivent être vides maintenant. Nous devrions pouvoir y discuter tranquillement. Dis à tes amis de nous y rejoindre, séparément.

Debbie se laisse alors distancer, puis, une fois à hauteur de Vasko et Roman, leur chuchote les indications pour aller au lieu de rendez-vous. Les quatre fugitifs suivent ensuite des chemins différents.

Au quartier général des recycleurs, Bob Grither aboie sur les quatre hommes qui étaient censés intercepter Roman.
- Z'êtes pas fichus d'arrêter un ouvrier ! Bons qu'à parader ! Je me demande comment le directoire peut penser que vous êtes aptes à assurer la production de nos habitants. C'est sûrement à cause de vos cellules dégénérées que les unités de production font naître des ouvriers défaillants ! Deux nouvelles défections sont à déplorer aujourd'hui. J'espère que vous allez assurer cette fois ! Le directoire est informé en ce moment même et je ne serais pas étonné que vous soyez recyclés prochainement.
Le capitaine tente d'amadouer l'administrateur système :
- Monsieur l'administrateur, au nom des recycleurs, je vous présente toutes nos

excuses et vous assure que nous allons retrouver ces fugitifs.
- Je me fous de vos excuses ! Je veux des résultats ! Vous avez 24 heures. Conclut Bob en quittant les lieux en rage.
- Vous avez entendu, messieurs ? lance le capitaine. Tous à vos postes, nous partons en chasse !

Les membres du directoire accueillent le prieur Oudjaïnite venu les informer de la fuite d'un archiviste. « Nous sommes au courant, déclarent-ils. Le superviseur des administrateurs système vient de nous annoncer la fuite de deux ouvrières et d'un ouvrier. Nous avons fait le lien avec votre archiviste. Les recycleurs sont à leurs trousses et nous allons renforcer la surveillance partout. Vous pouvez disposer. »

Vasko pense être arrivé le premier au musée, mais son chat est déjà là. « Tiens, te voilà toi ! Comment m'as-tu retrouvé ? » Puis, sans attendre la réponse de l'animal, il lui raconte ses dernières aventures, surtout son rêve de

panthère, sa méditation dans le désert, sa chorégraphie dans la rue et sa navigation en pleine mer. Le chat écoute en faisant sa toilette et Vasko poursuit : « À chaque fois ça semble tellement réel ! Je découvre des sensations que je ne connaissais pas, comme quand je vois Debbie. Je t'ai parlé de Debbie ? » Mais le chat se contente de cligner de l'œil et n'a pas le temps de répondre, car justement la jeune femme arrive. Elle caresse naturellement le chat, en demandant à Vasko :
- Nous sommes les premiers ?
- Oui et je m'apprêtais à raconter au chat nos projets, mais en attendant Gina et Roman, je voudrais te montrer quelque chose.
Il allume l'écran, explore les fichiers et accède à celui qu'il cherche. « Voilà : *Anna Halprin et Rodin - Voyage vers la sensualité* », lit-il, en lançant le film. Défilent alors des images d'une chorégraphe qui guide des danseuses et danseurs dans leurs explorations des postures des statues sculptées par l'artiste. Vasko contemple Debbie absorbée et visiblement émue par les images. À la fin de la

vidéo, elle enlace Vasko, tout surpris, puis relâche son étreinte en s'excusant. « Pardonne-moi, je ne voulais pas te gêner, mais c'est la première fois que je vois quelque chose d'aussi beau ! Merci. » Cette fois, c'est Vasko qui l'enlace, au moment où Gina arrive. « Je vois que vous ne perdez pas de temps vous deux ! » dit-elle, en leur adressant son plus beau sourire. « Vous faites plaisir à voir en tout cas. » Puis elle se présente : « Gina », en tendant la main à Vasko qui répond : « Vasko, ravi de te rencontrer. Roman devrait bientôt nous rejoindre. »

L'ex-ouvrier est justement en mauvaise posture. Alors qu'il approche du musée, il tombe nez à nez avec un groupe de recycleurs bien déterminés à l'arrêter. Il court aussi vite qu'il peut pour leur échapper, enchaîne les bifurcations dans les ruelles, essaye de les perdre dans le brouillard, mais il finit par croiser un autre groupe. Cette fois, les recycleurs sont trop nombreux pour qu'il s'en sorte. Il se rend, prend un coup de poing dans le ventre et tombe à quatre pattes. Puis ses poursuivants le relèvent. « Alors, tu fais moins le malin, hein ! » Ils lui donnent quelques claques pour être sûrs qu'il a bien compris à qui il a affaire. Puis ils l'encadrent pour l'emmener à leur caserne. Roman n'a d'autre choix que de les suivre. Ils l'entraînent au pas de course vers une tour puis empruntent un ascenseur qui les mène à une passerelle d'accès à leur quartier que l'escorte traverse d'un pas assuré. Soudain le détenu saute dans le vide en criant : « Vous ne m'enfermerez jamais, bande de branleurs ! »

« En attendant Roman, je vous propose de réfléchir au meilleur moyen de franchir la frontière », déclare Gina. « Tu as raison, acquiesce Vasko. Regardons dans la boîte si des informations permettent d'en savoir plus. » Hélas, le disque dur ne contient que des œuvres artistiques. Rien sur la géographie de Megakarta. Cependant, Debbie rappelle à Vasko qu'il a été suivi par cet homme aux cheveux bleus.
- Si on arrivait à le capturer et à l'interroger, peut-être que lui aurait des précisions, propose la jeune femme.

- Ton audace est stimulante, poursuit Gina, mais on risque de se jeter dans la gueule du loup !
- Je pourrais me laisser retrouver par cet homme et le suivre à mon tour pour voir si nous pourrions en tirer des informations, propose Vasko. Mais les deux jeunes femmes secouent la tête.
- Mauvaise idée, conclut Debbie. Tu as raison Gina, ne prenons pas de risques. Attendons Roman. Nous verrons s'il a un meilleur plan.

Roman reprend ses esprits après avoir fait une chute de plusieurs étages, amortie par une benne à ordures providentielle. Les sacs poubelles lui ont assuré un atterrissage puant, certes, mais sans fractures. Il émerge un peu sonné et vérifie qu'aucun recycleur ne se trouve dans les parages, puis sort prudemment de la ruelle. Il profite de la nuit tombante pour rejoindre Vasko, Debbie et Gina. Ces derniers l'accueillent inquiets et le harcèlent de questions.
- Que t'est-il arrivé ?
- Tu es dans un sale état ! Tu pues !

- Tu t'es battu ?
Roman leur raconte ses mésaventures et tous concluent qu'ils ont intérêt à ne pas trop traîner dans le quartier.
- Le problème, rappelle Vasko, est que nous ne savons pas dans quelle direction aller, ni ce que nous allons trouver sur notre route.
- Lorsque j'étais avec les recycleurs, poursuit Roman, l'un d'eux a fait allusion aux Oudjaïnites. Il a dit que l'ascenseur dans lequel nous étions monte à leur monastère. Si des informations sont disponibles quelque part, je pense que c'est une bonne piste.
Vasko propose : « Dans ce cas, je vais y aller ce soir pendant que tu te remets de tes exploits. Nous n'avons pas d'autre choix. Je vais profiter de la nuit pour explorer cette tour. »

Au cas où Vasko repasserait chez lui, Don Kimi a posté deux moines pour veiller sur son logement. En arrivant au pied de l'immeuble, l'archiviste aperçoit leurs silhouettes dans le brouillard. Il fait mine de ne pas les voir et s'apprête à entrer dans l'immeuble. Les deux hommes sortent de leur cachette et Vasko se retourne en prenant un air surpris. Puis il s'enfuit à toutes jambes, ses poursuivants sur les talons. Il n'a jamais couru aussi vite. Pourtant, il entend les pas des Oudjaïnites s'approcher. Il tourne au premier croisement et sent qu'il les distance. Il tourne encore, les entend de plus en plus loin, puis emprunte une nouvelle rue en tâchant de ne pas les semer tout à fait. Les deux moines finissent par reconnaître la rue où ils ont entamé la course-poursuite, mais ils ne voient plus le fugitif. Ils décident que l'un d'eux va rester sur place, pendant que l'autre retourne informer Don Kimi. Vasko, caché non loin de là, observe les deux hommes se séparer et suit celui qui retourne au monastère. Il marche d'un pas décidé et Vasko le file de loin sans se faire repérer. Arrivé au pied d'une immense tour, l'Oudjaïnite entre, sans se douter que Vasko l'a suivi. Ce dernier attend un moment avant d'entrer à sa suite. À l'intérieur, le hall donne accès à deux ascenseurs, dont l'un indique qu'il est en train de monter, puis s'arrête au 75e étage.

Dans une tour voisine, les recycleurs écoutent les instructions de leur capitaine :
- Messieurs, nos investigations patinent et il ne nous reste que quelques heures avant que certains d'entre vous soient recyclés, si nous ne retrouvons pas ce fugitif. Le directoire m'a informé que trois autres personnes sont en fuite et que les Oudjaïnites sont sur le coup. Nous devons les trouver avant eux. Déployez-vous dans tous les quartiers voisins et au-delà des lieux où ils ont été vus récemment. Ils ne nous échapperont pas !
- À vos ordres, chef ! répondent les recycleurs comme un seul homme.
Puis ils quittent le quartier général par groupes de six et partent dans toutes les directions.

Au musée, Roman, Gina et Debbie fouillent encore le disque dur à la recherche d'une carte, en vain. Debbie continue l'exploration, mais Roman se laisse gagner par le doute :
- Vous croyez qu'on va finir par trouver une piste pour rejoindre la frontière ?

- Nous n'avons pas le choix, répond Gina. Si nous restons ici nous serons recyclés, je te rappelle.
- Regardez ça, annonce Debbie. On dirait que ce livre a été écrit pour nous. Écoutez cet extrait : « C'est bien quand quelqu'un dessine pour vous un peu le voyage, avant de partir. Cela veut dire que quelqu'un croit que vous allez arriver quelque part »[1] Dommage que personne ne nous ait indiqué la route, mais bien sûr nous devons partir. Nous ne savons pas ce qui nous attend de l'autre côté, mais nous ne pouvons faire autrement que d'espérer trouver mieux.

De son côté, Vasko explore les étages de la tour où est entré l'Oudjaïnite. Les bureaux sont déserts à cette heure tardive et il finit par accéder aux réserves où sont rassemblées les œuvres stockées par les moines. Les pièces sont remplies de peintures, de sculptures et de livres. Il en feuillette quelques-uns, mais aucun ne contient de carte ou de description de la frontière. Il commence à désespérer, quand son regard se pose

---

[1] Jeanne Benameur, *L'exil n'a pas d'ombre*

sur une enfilade de totems. De hauts troncs écorcés et colorés semblent lui indiquer une direction à suivre. Il note le nom de l'artiste indiqué sur une étiquette accrochée à l'un d'eux, Frans Krajcberg. Puis il relève l'angle de l'alignement par rapport au bâtiment. Il sent qu'il ne trouvera pas d'autre indice pour le moment et décide de retourner au musée.

Pendant ce temps, ses amis se sont endormis, à part Gina qui monte la garde pendant que les deux autres se reposent. Ils ont choisi de se relayer pour reprendre quelques forces avant de partir, dès que Vasko sera de retour. Debbie dort d'un sommeil agité. Elle rêve. Elle avance dans les rues brumeuses de la ville, en suivant des ruelles vides. Elle ne sait pas où elle va, mais elle est certaine qu'elle est sur la bonne voie. Il lui semble qu'elle flotte plus qu'elle ne marche. Comme si elle courait sans toucher le sol. Les ruelles défilent et, plus elle avance, plus elle sent qu'elle approche du but. L'air change. Le brouillard se lève. Un parfum iodé remplace l'odeur poussiéreuse habituelle. Elle aperçoit le ciel au-dessus des tours. Elle va bientôt arriver à destination. Mais Gina la réveille : « Vite, on doit partir ! Des recycleurs viennent d'entrer dans le musée ! »

Au même instant, Vasko s'apprête à quitter le bâtiment au pied duquel sont postés un groupe de recycleurs. Aucune retraite n'est possible. Il retourne dans l'ascenseur, mais un recycleur qui l'a repéré lance à ses collègues : « Vous deux, avec moi ! On prend l'autre ascenseur. Vous autres, restez ici, au cas où le fugitif essayerait de s'enfuir par là. Vous nous direz où l'ascenseur s'arrête » L'avance de Vasko est insuffisante pour échapper à ses poursuivants. Ils sortent peu après et le voient s'enfuir dans le couloir. Ils sont plus rapides que lui et le rattrapent facilement. Ils le saisissent et l'emmènent avec force. En chemin, il entend l'un des hommes annoncer par radio à ses collègues restés en bas : « Rejoignez-nous, on va l'emmener au QG. » « OK ! répond le recycleur. On va passer une bonne nuit, les collègues ont trouvé les autres fugitifs. » Vasko est dégoutté. Échouer si près du but. Lui reviennent alors les événements vécus ses derniers jours et sa rencontre avec Roman, Gina et Debbie. "Quel dommage de ne pas avoir pu les côtoyer davantage. Surtout Debbie. J'aurais aimé l'enlacer encore. Longtemps. Et le chat, que va-t-il devenir ?" se demande-t-il.

Bob Grither, informé par les recycleurs que les fugitifs ont été localisés, se rend à leur quartier général pour féliciter leur capitaine. Ce dernier l'accueille avec un air satisfait : « Bonne nouvelle, Monsieur, nous avons capturé l'archiviste. Et mes hommes m'informent qu'ils sont sur le point de mettre la main sur les trois autres. » « Toutes mes félicitations ! Lance l'administrateur. Vous avez parfaitement repris en main la situation. Nous allons pouvoir enfin recycler ces trouble-fêtes. Je vais de ce pas en informer mon supérieur. » Puis il retourne à son bureau pour transmettre le message. La réponse est prudente : "Prévenez-moi lorsque vous aurez la preuve qu'ils ont été recyclés !"

Bob Grither reste sans voix devant l'écran. Puis, après avoir encaissé ce retour laconique, il conclut tout haut : « Encore heureux qu'ils seront bientôt mis hors d'état de nuire ! Dalfer, veille sur mon écran et transmets-moi les infos ! On reste en contact audio. » « Bien Monsieur », répond le cyberviteur, avant que l'administrateur quitte le bureau. "Je veux être là quand ils seront pris", pense Bob, en quittant son bureau pour rejoindre le quartier général des recycleurs.

Pendant ce temps, Debbie, Roman et Gina se faufilent dans les couloirs du musée pour quitter le bâtiment. Ils avancent prudemment, en espérant ne pas croiser de recycleurs. Ces derniers ont encerclé l'immeuble. Au moment de prendre la fuite, Gina a eu le temps de dire à ses complices : « Ils sont sûrement venus nombreux. Essayons de partir en passant par les étages. » Arrivés au dernier niveau, ils trouvent un accès au toit. Les tours sont serrées dans le quartier et le trio parvient à sauter sur l'immeuble voisin. Les recycleurs ar-

rivent à leur tour sur la terrasse, mais les fugitifs ont déjà disparu dans l'autre bâtiment. Leurs poursuivants ne trouvant personne sur le toit redescendent, en informant leurs collègues que les suspects sont encore dans le musée. Les recycleurs fouillent tout le bâtiment sans trouver les fuyards. Ces derniers restent cachés dans leur immeuble salvateur. Debbie est la première à rompre le silence :
- Comment Vasko va-t-il nous retrouver ?
- Peut-être est-il encore en train de fouiller la tour des Oudjaïnites ? répond Roman.
- De toute façon, nous ne pouvons pas rester là. Les recycleurs vont fouiller tout le quartier. Essayons de le retrouver là-bas, propose Gina.
- Je pense savoir où aller ensuite pour trouver la frontière. Je crois que j'ai vu le trajet en rêve, annonce Debbie.
- Dans ce cas, ne perdons pas de temps, ajoute Gina, allons-y !
Puis le trio retournent sur le toit, vérifient qu'aucun recycleur n'est posté sur les tours et ils sautent de terrasse en ter-

rasse pour se rapprocher de la tour des Oudjaïnites. Roman montre à ses amies la passerelle d'où il a sauté en disant :
- Si Vasko est arrêté, ils l'emmèneront sûrement aussi par là. Mais ils ont enlevé la benne dans laquelle j'ai atterri. Il ne pourra pas sauter comme je l'ai fait. Et s'il sort par l'entrée principale, nous le verrons depuis notre perchoir et nous pourrons tenter de lui faire signe.
- Mais que faire s'il est arrêté ? demande Gina.
Roman tire sur un des nombreux câbles qui courent sur le toit entre des tuyaux et des bouches d'aérations.
- On peut tenter un enlèvement !
- Comment ça ? s'étonne Debbie.
- Si le câble est assez long pour atteindre la passerelle et descendre ensuite jusqu'au sol, je pourrais glisser dessus, attraper Vasko au vol et atterrir dans la ruelle, déclare Roman.
- Vous allez vous rompre les os ! Réplique Gina.
- Je ne vois pas d'autre option, ajoute Roman, et nous devons nous dépêcher d'installer le câble, au cas où Vasko passerait effectivement par ici. Vous nous

attendrez en bas et nous suivrons ensuite l'itinéraire que Debbie nous indiquera.
Puis il tire sur le câble, l'enroule et en attache une extrémité sur la terrasse. Il jette ensuite le rouleau en direction de la passerelle. "Pourvu qu'il soit assez long !" pense-t-il. Le rouleau se déploie au-delà du pont et se déroule jusque dans la ruelle. « Bravo ! » le félicitent Debbie et Gina. Sur ce, ils observent l'entrée et la passerelle, en espérant que Vasko sortira libre par le bas.

Les recycleurs encadrent Vasko de près et reprennent l'ascenseur pour rejoindre la passerelle. Leurs collègues restés en bas font de même. Ils s'engagent sur la passerelle et, à mi-parcours, un recycleur constate qu'un câble enjambe la voie. En voyant Roman glisser à vive allure, il crie : « On se replie, protégez le fugitif ! » Mais trop tard. Roman happe Vasko en bousculant deux recycleurs. L'un d'eux se rattrape, tandis que l'autre chute et s'écrase, juste avant que Vasko et Roman aient atterri. Après un temps d'hésitation, leurs poursuivants s'apprêtent à les rejoindre en glissant sur le câble, mais Gina et Debbie rompent l'attache et ils tombent pour finir dans la ruelle comme des pantins désarticulés. Vasko et Roman s'enfuient précipitamment. Vasko lance à son ami : « Suis-moi, je pense connaître la direction à prendre. » Se souvenant de l'angle des totems, il entraîne son ami à sa suite. Pendant ce temps, Debbie et Gina arrivent dans la rue et les rejoignent. Debbie confirme la voie suivie par Vasko et leur indique la suite du parcours. Au coin d'un immeuble, le chat les rejoint et ils courent tous les cinq vers la liberté.

Don Kimi, informé par un des moines qu'il avait lancés à la poursuite de Vasko que ce dernier n'a toujours pas été attrapé, décide de se rendre sur place. "On ne peut décidément rien confier à personne ! Il faut tout faire soi-même ici", pense-t-il, en empruntant l'ascenseur pour rejoindre la rue. Arrivé sur les lieux, il croise un recycleur rampant qui semble chercher de l'aide. Don

Kimi se penche pour entendre ce que l'homme chuchote : « Ils sont partis par… » Mais l'homme ne finit pas sa phrase et sa vie le quitte dans un dernier souffle. Don Kimi enrage : « Bande d'incapables ! Tas de bons à rien ! » lance-t-il en s'avançant dans la rue. Puis il constate que d'autres recycleurs sont bons pour le recyclage. « Mais c'est pas vrai ! » crie-t-il, avant de retourner dans la tour pour remonter informer le prieur de la situation. Sa voix résonne dans la ruelle vide où seul le silence répond à sa colère.

Les rapports des recycleurs parviennent régulièrement au QG où le capitaine réalise que les recherches restent vaines. L'absence d'information de la part du groupe parti inspecter la tour des Oudjaïnites le met en rage. « Tous ces hommes à leurs trousses, personne pour les arrêter et une équipe manquante… Je vais aller les chercher moi-même ! » Puis il sort de la pièce et se dirige vers la passerelle. Ce qu'il observe le laisse sans voix. Il fait demi-tour pour contacter Bob Grither. Ce dernier arrive justement au QG, sûr de trouver les fugitifs capturés, en disant : « Alors capitaine, où les avez-vous enfermés ? » « Monsieur, nous avons un problème », répond le recycleur, avant de lui faire son rapport. L'administrateur fait demi-tour en vociférant. Puis il communique à son cyberviteur de transmettre un message à son supérieur : "Monsieur, les recycleurs ont échoué". Aussitôt, ce dernier se rend au directoire où il rencontre le prieur dans la salle d'attente. Les deux hommes sont accueillis en même temps. Le conseil les écoute, puis annonce que les troupes sont doublées pour partir à la recherche des fugitifs dans toutes les directions.

Le temps que les ordres descendent et que les recycleurs s'organisent, Vasko et ses amis sont déjà loin. Debbie les entraîne dans une course pleine d'espoir. Elle sait où elle va. Ils la suivent, certains qu'elle les mène au bon endroit. Ils courent dans les rues endormies de la ville. La jeune femme tourne avec assurance à certaines bifurcations, s'engage dans une ruelle et emprunte une autre voie au croisement suivant. Ses amis commencent à fatiguer, mais plus ils avancent, plus ils sentent qu'ils approchent de la frontière. « Encore un petit effort ! » les encourage-t-elle. Quelque chose change dans l'air. Le brouillard se fait plus léger. Une odeur particulière se mêle à la poussière. Ils aperçoivent le ciel au-dessus des tours. Leur course perd un peu d'allure. Le souffle commence à leur manquer. Le jour se lève et cette perspective les incite à repartir de plus belle. « Nous devons arriver avant que les gens ne sortent travailler », estime Roman. « Et surtout, avant que les recycleurs et les Oudjaïnites ne nous retrouvent », poursuit Vasko. Le chat les précède et parvient au pied d'un haut mur. L'obstacle semble infranchissable. Le nez en l'air, chacun cherche une issue. Gina déclare : « Là-haut, regardez ! » dit-elle, en montrant une plateforme sur une tour, bien orientée et surplombant la muraille. « Montons ! » conclut Vasko, en se dirigeant vers l'entrée du bâtiment. Hélas, son badge ne leur permet pas d'accéder à l'intérieur. Ils s'interrogent du regard, perdus dans leurs réflexions, lorsque la porte s'ouvre, laissant sortir une ouvrière. À peine surprise de les trouver là, elle ne s'inquiète pas de les voir entrer précipitamment. À l'intérieur, ils empruntent l'ascenseur pour atteindre le dernier étage, puis le toit de la tour. Là-haut, la vue sur Megakarta derrière eux est oppressante, tandis qu'au-delà de la frontière, un océan immense leur offre la vision d'une infinie liberté. Sans plus se consulter, ils reculent au bord opposé, le chat dans les bras de Vasko ne semble pas rassuré, mais l'archiviste le tient fermement. Debbie le caresse entre les oreilles. Puis, les quatre amis s'élancent et décollent vers l'horizon rougeoyant.

Deuxième partie

Le choc avec l'eau a été tel que Debbie a pensé que son corps avait explosé. Les éléments la ballottent comme un paquet inanimé. Elle ne sait pas par quel mouvement sortir de cette emprise. Elle est oppressée par la masse qui l'enveloppe. Tout est assourdi, pourtant elle entend clairement l'eau bourdonner dans ses oreilles. Soudain, une vague la projette à la surface et elle a le temps de reprendre son souffle. Ses bras battent naturellement l'eau pour tenter de prendre appui, mais elle s'enfonce dangereusement. Lorsque les flots la remontent, elle profite de ses sorties d'apnée pour se repérer. D'un côté, l'océan à perte de vue. Inspiration. En dessous, l'eau sombre. Remontée, reprise de souffle. De l'autre côté, la rive surplombée par le mur. Nouvelle plongée. "Comment sortir de là ?" se demande-t-elle. Vague porteuse. "Là-haut, la plate-forme". Écume dans le nez et les yeux. La tête sous l'eau puis de nouveau en dehors. "Là-bas, Gina !" Aspirée. Ressortie. « Hey ! Ginaaa ! » Regards croisés. Peur teintée d'espoir. En dessous. Au-dessus. « Par ici Debbie ! » Les deux femmes frappent l'eau pour s'approcher l'une de l'autre. S'enfoncent. Remontent. À quelques brasses d'elles, Roman se débat aussi et les aperçoit. Guère plus à l'aise, il parvient à les rejoindre tant bien que mal. « Ça va ? Rien de cassé ? » « Non », répond Debbie, de nouveau aspirée. « Mais il faut sortir de là », ajoute-t-elle avant de disparaître encore. « Je suis à bout de souffle », conclut-elle, avant de s'évanouir, rattrapée in extremis par Roman et Gina. « Allons vers le bord », propose la jeune femme. Le trio oscille et tangue. Deux paires de jambes remuent comme elles peuvent tandis qu'une autre flotte, inerte. Les deux amis de Debbie agitent leur bras libre pour avancer autant que possible. Leur progression est laborieuse, mais ils parviennent à s'approcher suffisamment du bord pour s'agripper. Ils hissent leur amie sans connaissance sur la rive. Puis Roman pousse Gina et l'aide à monter. Enfin, cette dernière le soutient pour grimper à son tour et tous deux s'effondrent sur le dos.

Le capitaine des recycleurs informe ses troupes des nouvelles directives : « Messieurs, nous avons perdu de vaillants hommes dans cette traque et les fugitifs ont réussi à nous échapper. C'est la dernière fois que je m'adresse à vous en tant que capitaine. À l'issue de ce briefing, je vais rejoindre vos rangs et prendre la place de celui qui va me remplacer. Le directoire m'a appris que ceux que nous cherchions ont franchi la frontière. Nos recherches s'arrêtent donc là, puisque personne n'a le droit d'aller au-delà du mur. En revanche, la surveillance est renforcée et, au cas où ils reviendraient sur leurs pas, nous les attendrons de pied ferme. Vous savez ce qu'il vous reste à faire, messieurs : n'oubliez pas ces visages que vous avez traqués. Rompez maintenant ! Et reprenez vos tâches habituelles de recycleur. »

Au bord de l'océan, une grosse vague recrache Vasko, évanoui sur la rive. Dans ses bras, il serre le chat qui cherche à se détacher de son étreinte. Une fois libéré, l'animal s'ébroue et lance un regard furieux à l'océan. Puis il crache des paquets d'eau et entame une toilette minutieuse. Mais lécher l'eau salée le dégoûte et le fait renoncer à sa coquetterie. Il réalise enfin que Vasko semble endormi et entreprend de le réveiller. Il monte sur son ventre et pianote sur sa poitrine en miaulant d'un air interrogateur. Puis il donne des coups de tête dans le menton du noyé qui ne bronche pas. Alors le chat s'allonge sur l'homme et se met à ronronner. Vasko se sent bien. Il flotte dans une ambiance chaleureuse. C'est comme si on le massait de partout en même temps. Il se laisse bercer par ce son familier qu'il ne parvient pas à reconnaître. Les vibrations roulent ses cellules à une fréquence sereine. "Est-ce qu'il ne serait pas l'heure de se lever ?" songe-t-il. Il sent qu'il a un petit creux. "Une ration de granulés serait bienvenue", pense-t-il encore. Puis il émerge du sommeil, s'étire et réalise soudain qu'il n'est pas dans son logement. En ouvrant les yeux, la plateforme au-dessus de lui ravive sa mémoire : la fuite, la poursuite, la frontière, le saut, tout lui revient. Il tousse en se recroquevillant, tandis que le chat bondit à bonne distance. Le rescapé crache de l'eau à plusieurs reprises, sous l'œil attentif de l'animal. L'homme reprend ses esprits, vérifie qu'il n'est pas blessé, puis se redresse. Le chat vient se frotter à lui. « On l'a échappé belle, mon vieux », lui dit Vasko en le caressant. Puis il aperçoit ses camarades au loin et entreprend de les rejoindre.

Dans son bureau, le prieur écoute les plaintes de Don Kimi, avant d'y mettre fin d'un geste autoritaire. « Cessez vos jérémiades indignes d'un Oudjaïnite ! Vous avez échoué et je vous disqualifie au rang de moine. Vous rejoignez dès aujourd'hui le monastère où vous allez reprendre goût à la prière. J'espère que ces temps d'oraison vous permettront de discerner votre responsabilité et de reconnaître votre incompétence dans cet échec. Le directoire m'a informé que les fugitifs sont de l'autre côté du mur. Leur sort ne nous appartient donc plus. Vous pouvez vous retirer. » Don Kimi sort du bureau en chancelant imperceptiblement. Puis, une fois dans le couloir, il s'appuie contre le mur pour se retenir de ne pas tomber. Il a manqué de peu d'être recyclé, et ne doit sans doute d'avoir été épargné qu'au soutien de son supérieur. Cependant, son retour au monastère ne l'enchante pas, tant il a pris l'habitude d'être investi de missions plus motivantes que de passer ses journées à prier. Mais il doit se faire une raison. Il a la vie sauve et c'est l'essentiel. Bob Grither connaît un sort similaire. Le directoire a été clément et, à la vue des états de service de l'administrateur système, il est juste rétrogradé. Son écran affiche un message de sa hiérarchie : **[rendez-vous aux archives pour prendre vos nouvelles fonctions]**.

Gina et Roman ont repris leur souffle et tentent de réveiller Debbie. Cette dernière ne réagit pas. Ils la secouent et lui donnent des claques, chacun à son tour, mais rien n'y fait. La jeune femme reste inanimée. Le chat les rejoint et Roman regarde dans la direction d'où il est venu. Il découvre Vasko qui avance vers eux en titubant. L'ex-ouvrier se relève et part accueillir son ami. Les deux hommes rejoignent Gina qui essaye en vain de ranimer Debbie. Vasko s'agenouille auprès d'elle, lui prend la main et chuchote à son oreille : « Reviens ! S'il te plaît. » Puis le chat bondit sur le ventre de Debbie qui crache un gros paquet d'eau, éclaboussant au passage Vasko, sous le regard stupéfait des deux autres. Gina saisit la jeune femme dans ses bras en s'exclamant : « Tu nous a fait peur ! Ne recommence jamais ça ! » Debbie crache encore, sous les éclats de joie de Roman et l'air soulagé de Vasko. Après un temps d'effusions, Gina annonce :

- Nous devons trouver un moyen de traverser. Nous ne pourrons plus revenir en arrière.
- Et il ne faut pas traîner ! au cas où nos poursuivants auraient un moyen de nous suivre encore, ajoute Roman.
- Comment te sens-tu Debbie, interroge Vasko.
- Ça va aller, souffle-t-elle.
- Faisons deux groupes, propose Gina, pour longer la frontière des deux côtés.

Nous augmenterons nos chances de trouver un moyen de quitter cette rive.

En rejoignant le monastère, Don Kimi réalise que cette perspective de se consacrer à la prière ne l'enchante vraiment pas. L'appel de la justice le domine. Il ne peut pas envisager de laisser les fugitifs filer sans que personne ne les traque, où qu'ils aillent. Il décide donc de renoncer à respecter l'ordre du prieur et retourne à son bureau afin de rassembler les dernières informations dont il pourra disposer concernant ceux qui lui ont échappé. À son arrivée, le cyberviteur l'accueille froidement : « Monsieur n'a pas été informé ? Vous ne devez plus venir ici, vous êtes affecté au monast... » Mais il n'a pas le temps de terminer, car l'Oudjaïnite le balaye d'un croche-pied et le met hors service. Puis il consulte les données concernant les fugitifs. Leurs noms apparaissent à l'écran, leurs parcours, les rapports des recycleurs, les derniers lieux où ils ont été vus. À partir de ces éléments, il consulte les vidéos des quartiers voisins et aperçoit une ombre sur une façade, comme si une silhouette courait sur un toit. En élargissant ses observations aux caméras des immeubles proches, il réussit à tracer le parcours des rebelles. Sur un enregistrement, il les aperçoit, prenant leur élan sur une terrasse et sauter de l'autre côté de la frontière. Il lâche spontanément : « Non ! Ils l'ont fait ! »

Sur le point de se séparer, les quatre amis s'arrêtent en même temps. Ils n'avaient pas remarqué jusqu'ici que la rive était jonchée de cadavres d'oiseaux et d'insectes.
- Quelle horreur ! s'exclame Debbie.
- Comment ne les avons-nous pas remarqués avant ? questionne Roman.
- Nous étions trop préoccupés par notre propre survie, suppose Gina.
- On dirait qu'ils sont tous morts en même temps, comme si quelque chose les avait anéantis d'un coup ! ajoute Vasko.
- Je n'ai jamais vu autant d'animaux, déclare Roman.
- Moi non plus, ajoute Debbie. Et aucun ne ressemble aux rares bestioles qu'on croise dans les ruelles de Megakarta.

Chacun observe un animal étendu sur le sol. Les corps sont aléatoirement espacés. Parfois quelques individus de la même espèce, plus loin des spécimens isolés. Ils paraissent endormis. C'est une galerie de représentants de la gent ailée exposée à ciel ouvert. Vasko poursuit :
- Les corps ne semblent pas se décomposer, comme si ce qui les avait tués les avait figés pour toujours.
- Ne nous attardons pas, rappelle Gina. Trouvons un moyen de traverser cet océan. C'est notre seule chance de nous en sortir.

Devant son écran, Don Kimi consulte le plan du quartier où les quatre ont été filmés pour la dernière fois. "Je vais devoir trouver un moyen de les suivre. Voyons ce qu'il y a derrière ce mur..." Mais bien que ses accès soient encore valides, il ne trouve rien concernant ce que cache le mur. "Encore une fois, je vais devoir tout faire moi-même !" pense-t-il. Puis il réfléchit à ce dont il pourrait avoir besoin pour cette filature. "Le mieux est d'aller voir sur place, je saurai à quoi m'en tenir", poursuit-il, en quittant son bureau. Dans l'immeuble et dans la rue, l'activité est semblable aux autres jours. Rien ne laisse supposer que quatre fonctionnels ont quitté leurs postes, qu'ils ont été poursuivis par des recycleurs dont certains ont perdu la vie. Aucune information ne circule non plus pour annoncer que les fugitifs ont franchi la frontière. "Megakarta continuera sans eux, pense Don Kimi. Mais, je ne les laisserai pas filer comme ça." Il interrompt ses pensées en arrivant dans l'immeuble d'où les fugitifs ont sauté. Parvenu sur la terrasse, la vue de l'océan le saisit. La vue de cette étendue infinie réveille un réflexe de contemplation, mais il se ressaisit. "Pas le moment de prier", songe-t-il. Puis il regarde en bas et découvre des traces aux endroits où les quatre sont sortis de l'eau. "Les fous, ils ont sauté ! Ils auraient pu se tuer, mais visiblement, ils ont réussi à s'en sortir. Les traces partent dans des directions opposées. Je dois les rejoindre et choisir une piste à suivre." conclut-il, avant de retourner dans le bâtiment, à la recherche d'un écran où il pourra chercher un accès plus facile à la rive. Malheureusement, aucune issue ne figure sur les plans. Le mur est réellement infranchissable. "Qu'à cela ne tienne, dit-il en remontant sur la terrasse, s'ils ont réussi, j'y arriverai aussi !" Et c'est ainsi que pour la deuxième fois en peu de temps, la frontière est franchie. L'Oudjaïnite recule autant que possible pour prendre son élan, puis saute dans le vide.

Gina et Roman peinent à avancer sur la rive jonchée d'animaux inanimés.
- Ils sont de plus en plus nombreux par ici, constate Roman.
- Et l'odeur devient vraiment insupportable, poursuit Gina.
- On dirait que ça ne vient pas des corps, observe Roman, mais de l'eau.
Cette dernière en effet, prend une teinte sombre au fur et à mesure de leur avancée. Au loin, la rive est barrée par un bâtiment.
- Nous ne pourrons pas escalader cette chose, estime Gina.
- Tu as raison et pas le moindre moyen de franchir l'océan par ici, ajoute Ro-

man. Retournons d'où nous venons. Peut-être que Debbie et Vasko auront eu plus de chance que nous.

- J'espère, parce que je ne voudrais pas que nous restions bloqués sur ce rivage. Ce serait trop triste de finir ici au milieu de ces cadavres, soupire Gina.

- Je me demande bien ce qui a pu leur arriver, demande Roman.

- On dirait des marionnettes dont on a coupé les fils.

- Des quoi ? s'exclame Roman.

- Lorsque j'étais en apprentissage, on nous montrait parfois des mises en scène pour nous préparer aux travaux d'atelier avec des personnages représentant des ouvriers. Un jour, un fil a cassé et une marionnette a eu l'air de s'être brisé une jambe. Notre formatrice l'a laissée tomber et elle semblait morte, ainsi abandonnée.

Don Kimi amortit sa chute en faisant appel à sa maîtrise de la lévitation. Pourtant, il ne parvient pas à diriger sa trajectoire et ne s'épargne pas un plongeon, même si ce dernier est plus doux que celui de ses prédécesseurs. Reprenant son souffle, il profite de ses amples vêtements pour flotter autant que possible et rame calmement pour atteindre la rive. Se repérant à la terrasse d'où il a sauté et à l'endroit où les fugitifs ont apparemment accosté, il tente de rejoindre l'endroit où ils sont sortis de l'eau. Pendant qu'il évolue, lentement mais sûrement, il contemple le ciel, dont les nuages enveloppent les tours de Megakarta et s'effilochent au-delà de la frontière. Au-dessus de l'océan, le bleu domine, offrant à l'Oudjaïnite une vision de répit. Il n'avait pas encore réalisé qu'il laisserait derrière lui ces rites qu'il a pratiqués quotidiennement jusqu'à présent. "Je reprendrai mes habitudes collectives lors-que j'aurai ramené les rebelles au directoire", pense-t-il, plein d'espoir, en approchant du rivage.

Debbie et Vasko longent la côte depuis un moment déjà. La vue des animaux qui jonchent le sol les désole.
- On dirait qu'on les a éteints, souffle Debbie.
- Même le chat semble choqué, observe Vasko.

L'animal les précède et renifle les corps inertes, la queue en point d'interrogation.

- Qu'est-ce qui a bien pu se passer ? demande Vasko.

- Je ne sais pas, reconnaît Debbie. Peut-être un poison ?

Le chat s'éloigne de l'oiseau dont il s'était approché.

- En tout cas, c'était un moyen efficace, puisque plus rien ne vole, à part les nuages, ajoute-t-il en observant le ciel rêveusement.

Debbie le fait redescendre sur terre en s'exclamant :

- Regarde, là-bas !

Sur la rive, une embarcation est amarrée. Ils s'approchent avec prudence. Le chat part vaillamment en éclaireur et revient en miaulant, d'un air satisfait. Le bateau semble sur le point de partir. C'est un petit voilier en bois dont les voiles sont affalées. Debbie et Vasko suivent le chat à bord. Ni l'un ni l'autre ne savent piloter ce type d'engin et d'ailleurs, ils n'en ont jamais vu ni entendu parler. Cependant, ils réalisent que c'est leur seule issue de secours.

- Nous devons prévenir Gina et Roman, déclare Debbie.
- J'y vais, propose Vasko. Essaye de trouver comment manœuvrer cette machine en attendant.
Puis il retourne en direction du point où ils ont laissé leurs amis. Pendant ce temps, Debbie et le chat visitent la cabine et font l'inventaire du matériel. Vasko marche d'un bon pas en espérant retrouver les autres rapidement.

Roman et Gina approchent de l'endroit où ils ont sorti Debbie de l'eau. L'ancienne ouvrière demande :
- Tu réalises que nous sommes en cavale et que nous ne reviendrons plus ici ?
- Je ne sais pas si nous reviendrons, confie Roman, mais si c'est le cas, nous aurons intérêt à y réfléchir à deux fois ! Vivre pour seulement travailler et dormir, non merci !
- N'empêche que suis bien contente que Debbie vous ait rencontrés, toi et Vasko. Au moins, je ne mangerai plus ces affreux granulés !
À ces mots, le ventre de Roman gargouille et il déclare :

- Justement, en plus d'un moyen de transport, nous allons devoir trouver de la nourriture. Je ne pense pas que ce soit une bonne idée de manger ces animaux morts.
- Évidemment, tant que nous ne savons pas ce qui les a tués... Tiens, voilà Vasko.

L'ancien archiviste leur fait signe et les rejoint.
- Venez, dit-il, nous avons trouvé un moyen de quitter cet enfer.

Puis, tout en marchant, il leur décrit l'embarcation et les trois amis avancent d'un bon pas pour rejoindre Debbie au plus vite.

Une fois sorti de l'eau, Don Kimi s'ébroue puis se déshabille pour essorer sa tenue trempée. Ayant repris pleine possession de ses moyens, il se dirige vers l'endroit où il a vu les traces. Les animaux morts qui jonchent le sol le saisissent d'effroi. "Voilà une bonne raison de ne pas franchir la frontière, songe-t-il. Les membres du directoire savent sûrement ce qui s'est passé ici. Malheureusement, je n'aurai pas l'occasion de leur demander, tant que je n'aurai pas ramené les rebelles." Restant concentré sur cet objectif, l'Oudjaïnite observe les traces laissées par les fugitifs. Suivant son instinct, il suit la piste qui rassemble le plus d'empreintes. "Deux d'entre eux sont partis par ici apparemment, mais il ont visiblement fait demi-tour. Sans doute ont-ils rejoint les autres qui sont allés par là. Je vous tiens, vous n'irez pas loin."

Le chat accueille en ronronnant Vasko, Gina et Roman. Debbie sort de la cabine en disant :
- Bienvenue à bord ! J'ai trouvé un manuel pour utiliser cette machine et je suis heureuse de vous présenter notre passeport pour la liberté. J'ai fait l'inventaire avec le chat et nous avons trouvé tout ce qu'il faut pour vivre sur ce voilier, c'est comme ça que ça s'appelle d'après le manuel.
- Même de la nourriture ? s'inquiète Roman.
- Pour plusieurs semaines, oui ! le rassure la jeune femme.
Gina coupe l'enthousiasme de leur com-

pagnon affamé en déclarant :
- Ne perdons pas de temps ! Nous mangerons en route. Plus tôt nous aurons quitté cette rive, plus vite nous serons loin de ceux qui pourraient nous poursuivre.
- Gina a raison, conclut Vasko. Je ne sais pas qui avait prévu de partir avec ce bateau, mais nous ne pouvons pas laisser passer une telle aubaine. Debbie, tu as pu étudier la façon de piloter cet engin ?
- Il y a des indications, mais je n'ai pas encore tout saisi. Aide-moi à démarrer le moteur pour nous éloigner du bord, ajoute-t-elle. Roman et Gina, vous pouvez essayer de hisser les voiles ?
Et c'est ainsi qu'ils quittent la rive, au son du moteur, tandis que les voiles montent le long du mât.

Don Kimi a beau avoir parcouru les derniers mètres en courant, le bateau est déjà loin lorsqu'il arrive à l'endroit où il était amarré. Toutes voiles dehors, l'embarcation avance à bonne allure et, à son bord, l'Oudjaïnite aperçoit les fugitifs à la manœuvre. Ces derniers constatent

qu'un homme semble furieux sur la rive.
- Pas certain qu'il nous laisse tranquille celui-là, soupçonne Gina. Ça doit être un sacré teigneux pour nous avoir suivis jusqu'ici.
- Moi qui m'attendais à être poursuivi par les recycleurs ! Finalement, notre départ ne déplace pas les foules, ironise Roman.
- J'ai l'impression qu'il a les cheveux bleus, remarque Vasko. C'est sans doute l'Oudjaïnite qui m'avait suivi.
- Restons concentrés sur le pilotage, suggère Debbie. Plus nous mettrons de distance entre cet acharné et nous, mieux ce sera.
Don Kimi, les mains posées sur les genoux, reprend son souffle. "Vous ne payez rien pour attendre, je vous aurai !" pense-t-il. Mais cette poursuite l'a épuisé et il s'assoit au bord de l'eau avec un air dépité. "Comment ce bateau s'est-il retrouvé là ? Ce ne peut pas être eux qui l'ont préparé. Ils n'ont pas eu le temps", songe-t-il encore. Puis, laissant son regard descendre dans le vide sous les vagues de la rive, il remarque quelque chose qu'il n'avait pas vu : une main

semble appeler la sienne. À y regarder de plus près, il s'agit d'un corps immergé. Après un mouvement de recul, Don Kimi reprend son observation et pense : "Sans doute cet homme a-t-il voulu quitter Megakarta et avait préparé ce voilier. S'il a voulu partir le jour où les animaux sont morts, il n'a sans doute pas survécu non plus. Le malheur des uns fait le bonheur des autres", conclut-il, en relevant les yeux vers le voilier qui s'éloigne vers l'horizon.

À bord du bateau, la vie s'organise. Debbie continue de barrer droit devant, pendant que Roman gère les voiles. Gina leur apporte une ration de granulés.
- Moi qui pensais être débarrassée de ces horreurs, je suis finalement bien contente de les avoir, avoue-t-elle.
- Et moi donc, rebondit Roman, j'avais tellement faim.
- J'espère que nous trouverons de meilleures nourritures de l'autre côté, déclare Debbie.
- En tout cas, poursuit Vasko, ceux qui avaient équipé ce bateau avaient bien

prévu leur coup. Il y a des livres et du matériel de navigation, de quoi se soigner, les couchettes sont confortables et j'ai même trouvé une carte marine.
- Dommage que ces gens prévoyants ne soient pas avec nous, ils avaient peut-être aussi envisagé la destination de leur voyage.
- D'après la carte et les indications qu'ils ont laissées, annonce Vasko, si tout se passe bien, nous devrions atteindre l'autre rive d'ici deux mois.
La chance est de leur côté. La météo et la mer sont belles. Debbie s'approprie le manuel de navigation et transmet à l'équipage les instructions pour manœuvrer au mieux le bateau. Gina et Roman se relaient à la gestion des voiles, des cordages et des repas. Vasko assiste Debbie à la barre et réfléchit à ce qu'ils trouveront à leur arrivée. Lorsqu'il en parle avec ses coéquipiers, leurs discussions sont peuplées de rêves.

- Nous vivrons en dehors de la ville, espère Gina.
- Il y aura des fruits délicieux, salive Roman.

- Chacun travaillera selon ses besoins, ajoute Debbie.
- Il n'y aura pas de chef, poursuit Vasko. Le chat ne dit rien, mais il écoute les conversations. Qui sait ce qu'il espère ?

Malgré les circonstances qui jouent en sa défaveur, Don Kimi continue de chercher un bateau. "S'ils en ont trouvé un, pense-t-il, je dois pouvoir aussi naviguer." Il marche des heures le long de la rive et enfin, à défaut d'un voilier semblable à celui des fugitifs, il déniche un pédalo échoué sur la berge. Le matériel à l'air intact. "Ce bateau ne paraît pas idéal pour une course poursuite, mais je n'ai guère le choix", reconnaît-il. Un coup d'œil plus minutieux lui permet de vérifier que tout est en ordre.

Il pousse alors l'esquif à l'eau et s'installe sur le fauteuil. "Au moins le fonctionnement est simple", pense-t-il, en manœuvrant le gouvernail, tout en pédalant, pour se dégager du bord. Puis, comme s'il voyait encore le voilier, posant sa main en visière au-dessus de ses yeux : "Les rebelles sont partis dans cette direction, suivons-les !" Le pédalo s'écarte du bord dans un doux bruit de pales de moulin à eau.

À bord du voilier, les apprentis marins se perfectionnent et le bateau navigue paisiblement. Les passagers en profitent pour continuer de partager leurs rêves. « J'aimerais habiter quelque part au bord de cet océan », déclare Debbie. « À proximité d'une cascade », ajoute Vasko. « En espérant que nous serons bien accueillis », s'interroge Gina. Quant à Roman, il observe les poissons qui affleurent parfois près de la coque et l'air iodé lui met l'eau à la bouche. « Vous pensez que ces animaux sont comestibles ? » demande-t-il à la cantonade. En guise de réponse, Debbie fait un aller-retour dans la cabine, puis lui tend un livre de recettes de poisson de mer. « Commence par les attraper », lui lance-t-elle avec une lueur de défi dans le regard. « Chiche ! » répond Roman qui se met en quête de fil et d'hameçons. Pendant ses recherches, un banc de poissons volants passe au-dessus du bateau et Gina réussit à en attraper deux. « Voilà de quoi améliorer notre ordinaire », jubile-t-elle. Roman remonte de la cabine avec un peu de matériel pour laisser traîner des lignes derrière le voilier. Ses coéquipiers préparent les poissons pêchés par Gina pendant qu'il installe son matériel, en salivant d'avance à l'idée de déguster bientôt les fruits de sa pêche. Le chat se régale des abats, mais l'odeur donne la nausée à Debbie. Elle se retrouve avec un mal de mer tenace. Cela n'empêche pas Roman de dénicher la recette adéquate pour savourer les prises du jour. Il trouve justement un citron vert et quelques épices pour faire mariner les filets. Si la quantité est un peu juste, les passagers apprécient la qualité de ce premier plat en dehors des granulés. Leurs papilles ne sont pas habituées à tant de surprise. Les mots leur manquent pour décrire ce qu'ils ressentent. Sans doute l'arôme chocolaté de ce poisson leur remémorerait-il des souvenirs de goûters d'enfance, s'ils avaient eu ce plaisir. Ce soir-là, le chat fixe les étoiles qui apparaissent dans le ciel, à la recherche de la constellation du poisson.

Cependant, les odeurs aigres d'entrailles de poissons flottent au-dessus des eaux et parviennent aux narines de leur poursuivant. Don Kimi n'a pas la chance d'avoir une embarcation dotée de réserve de nourriture. Son estomac le tourmente, mais ce n'est rien en comparaison de ce que lui fait vivre son esprit. Il mouline autant des jambes pour faire avancer le pédalo, qu'il rumine à reculons, se demandant comment il a pu en arriver là. Il se revoit novice, assidu aux prières quotidiennes, psalmodiant les vers sacrés parmi ses semblables. Son regard alterne entre l'horizon et le ciel grand ouvert. Son corps impulse mécaniquement le mouvement à son esquif, tandis que son âme flotte en contemplation. Lui qui a fui le monastère pour consacrer son existence à autre chose qu'à la prière, le voilà bien mal servi !

Le prieur avait constaté très tôt, alors que Kimi n'était encore qu'un enfant, son esprit curieux, ses capacités de déduction et son appétit de justice. C'est ainsi, alors que le jeune moine n'était destiné qu'à une vie de prière, que son supérieur avait appuyé en sa faveur pour que le jeune Oudjaïnite rejoigne ses collègues chargés d'inspecter les situations dans lesquelles la morale était mise à mal. L'enfant s'était révélé zélé. Il avait acquis en peu de temps les connaissances philosophiques et juridiques nécessaires à ses fonctions. Ses aptitudes naturelles avaient été renforcées par un solide apprentissage des méthodes de filature et d'enquête élaborées par ses prédécesseurs. Techniques qu'il avait lui-même améliorées au fil des années. Ces nouvelles approches lui avaient valu de belles réussites et le respect de ses pairs, voire l'admiration de son supérieur. C'est pour ces raisons que Don Kimi avait échappé au recyclage. Le prieur n'avait pas dû trop insister pour qu'il soit seulement rétrogradé. Pourtant, Kimi se sent peu de choses au milieu de l'océan sur cette coquille de noix à pédale. Il n'est plus qu'un homme perdu, guidé par son seul flair qui le pousse à suivre la trace de cette odeur de poisson. Malgré tout, sa foi est intacte. Il sort d'ailleurs de sa rêverie, son envie de justice chevillée au corps, ce qui lui redonne de l'énergie pour pédaler plus fort, certain qu'il finira par rattraper les fugitifs.

La mer est belle. Le vent pousse généreusement le voilier. Debbie se sent bien à la barre, malgré le roulis qui l'indispose. Vasko est à ses côtés. Ils fixent l'horizon et maintiennent le cap. Puis la jeune femme descend prendre un peu de repos dans la cabine. Roman étudie les techniques de pêche et les meilleures façons de préparer les poissons. Gina approfondit ses connaissances en matière de navigation en étudiant les documents à bord. Le chat scrute l'horizon qui s'assombrit. L'œil perçant du félin est le premier à observer le changement d'aspect du paysage. En même temps, ses moustaches frémissent à l'apparition d'électricité dans l'air. Le vent mollit et la grand-voile claque. Le cliquetis des gréements interpelle Vasko qui s'assoupissait légèrement à la barre. La ligne sombre de l'horizon le réveille tout à fait. Gina lève aussi le nez de son manuel de navigation. Vasko lui demande : « Tu penses que c'est la côte ? »

« J'espère », répond Gina, sans conviction. La masse noire épaissit rapidement, comme si un mur venait à leur rencontre. La température chute soudain et Roman, parcouru d'un frisson, s'intéresse à son tour au phénomène. « On dirait qu'on ralentit », observe-t-il. « Les vagues s'aplatissent », ajoute Vasko. Debbie, réveillée par le changement d'atmosphère, sort de la cabine en demandant ce qui se passe. Ses compagnons pointent l'horizon qui avance vers eux à vive allure. Le chat, à la proue du bateau, lance un miaulement interrogateur et se réfugie à l'intérieur.

Les quatre navigateurs en herbe voient en même temps un éclair zébrer la vaste cloison qui s'approche. Gina réagit la première : « Je viens de lire qu'en cas de tempête, mieux vaut abaisser les voiles. Et j'ai l'impression que nous allons être secoués ! » Debbie rejoint Vasko à la barre en questionnant son amie : « Tes lectures vont nous être précieuses, Gina. Que préconises-tu ? » « Tiens la barre, on te relayera. Positionne le bateau en diagonale par rapport aux vagues. » Roman rassemble tout ce qui traîne sur le pont, notamment son matériel de pêche, pendant que Vasko descend les voiles. Chacun s'active pour se préparer à affronter l'orage. Le ciel avance toujours, large frontière anthracite, telle une bête affamée, mangeant la lumière sur son passage. Un voile humide la précède, comme pour laver la mer avant son arrivée. Les éclairs s'intensifient. Le tonnerre approche. Les vagues se forment, se chargent d'écume, lèchent la coque. Roman s'assure que rien n'encombre le pont et descend ranger la cabine. « Je vous prépare un petit en-cas », annonce-t-il, avant d'ajouter pour lui-même : « En espérant qu'on aura le temps de manger avant d'affronter ce coup de vent ! » Gina aide Vasko à ranger les voiles. Leur inexpérience ralentit leurs manœuvres, mais ils parviennent à préparer le voilier au mieux avant que les vagues ne prennent trop d'ampleur. Debbie lance à la cantonade : « Personne ne circule plus sur le pont sans être attaché ! » Le vent commence à soulever l'écume et l'équipage reçoit les premiers embruns. Roman distribue une ration de granulés à chacun. Tous mâchent avec appréhension. Le rideau d'averse les rejoindra bientôt.

Sur son pédalo, Kimi s'ennuie et commence à ressentir de sérieuses courbatures. Il alterne les séances de pédalage, les étirements et les moments de méditation pour gérer son effort, mais la solitude et l'immensité commencent à lui peser. Rien ne vient rompre la monotonie de sa routine. Les premiers jours ont été longs. Les suivants aussi. Les premières nuits, il a maintenu le cap en dormant contre le gouvernail. Ces moments de sommeil étaient courts, inconfortables et peu reposants, mais leur régularité lui a permis de conserver la sensation d'une certaine maîtrise de la situation. À présent, il ne sait plus depuis combien de jours il est parti, ni s'il avance dans la bonne direction. Son esprit divague parfois et il se revoit, novice, pratiquer l'ascèse. Les moines restaient assis des heures puis plusieurs jours sur la terrasse de la tour, sans manger ni boire. Ces exercices ne lui posaient pas de difficultés particulières, mais ces dernières années, ses fonctions d'enquêteur et son statut privilégié l'ont éloigné de ces pratiques. La soif perturbe alors souvent ses méditations et la faim le réveille régulièrement. En pédalant, il lui arrive même de voir des irisations au-dessus de l'eau. Son regard se perd dans ces arcs-en-ciel passagers. Lorsqu'une couleur le happe, il se souvient de cette table dressée avec des mets monochromes. Des photos de ces plats colorés ornaient les murs du réfectoire du monastère. Il ne prêtait pas attention à ces œuvres à l'époque. À présent, son ventre gargouille et le soleil couchant lui rappelle un menu intitulé « Purée de carottes, crevettes, melon, jus d'orange. » Il regrette alors de ne pas avoir pris la précaution d'emporter des vivres. Pour tromper sa faim, il lévite quelques instants puis reprend son inlassable pédalage. Il se sent isolé de tout. L'ordre des Oudjaïnites semble appartenir à un lointain passé. Ses chances de rattraper les fugitifs s'effacent dans un avenir incertain. Soudain, une crampe lui saisit le mollet et il se met à danser sur le pédalo. On dirait un fou perdu au milieu de l'océan. "Dommage que personne ne soit là pour assister à cette scène burlesque", pense-t-il. Un fou rire le secoue en prenant conscience du ridicule de sa situation ! Le clapotis des vagues rit en écho sous le bateau. Mais Kimi s'effondre. Les larmes remplacent les rires. « Je n'y arriverai pas », marmonne-t-il dans un sanglot. Puis il s'endort, épuisé.

Sur le voilier, la tempête ne laisse aucun répit aux passagers. Vasko a remplacé Debbie à la barre qui tente de faire passer son mal de mer pelotonnée sur une couchette avec le chat. Roman veille sur eux, tout en essayant de résister aux agitations aléatoires du bateau. Gina reste auprès du barreur en cas de besoin, elle aussi ballottée en tous sens. La mer ouvre une gueule béante face à la proue et la vague s'abat telle une mâchoire sur le pont. Le bateau supporte les chocs des paquets de mer qui le martèlent. La coque gémit, les haubans hurlent dans le vent, le voilier semble mâché par le vacarme de l'océan en furie. Tantôt dans un creux de vague, il se fait emporter l'instant d'après par une crête qui le laisse s'affaler comme pour le briser en deux. Vasko peine à maintenir la barre. Gina le soutient. Ils sont détrempés, lessivés, giflés, roués de coups par les déferlantes qui les tabassent et les salent comme pour les attendrir. Ils se liquéfient. Roman les rejoint et leur propose en hurlant : « Allez vous reposer ! ». Gina refuse : « Vas-y Vasko ! Tu es épuisé. Je ne peux pas laisser Roman seul. » Vasko ne se fait pas prier et file s'effondrer sur une couchette. Debbie semble endormie. Allongée dans la partie la moins soumise aux turbulences, réchauffée par la couverture avec laquelle Roman l'a bordée, son mal de mer la dérange moins. Peut-être aussi s'habitue-t-elle après ces premiers jours en mer ? Elle reprend ses esprits en tout cas et retrouve l'envie d'affronter les éléments. Elle caresse une dernière fois le chat en lui recommandant de rester sous la couverture. L'animal n'a visiblement pas l'intention de sortir de toute façon. Debbie prend le temps d'acclimater son corps aux mouvements saccadés du bateau puis remonte sur le pont en s'appuyant aux parois. À peine a-t-elle sorti la tête de la cabine qu'une vague la douche intégralement. Elle s'ébroue et rejoint prudemment Roman et Gina. Cette dernière l'enlace un instant et lui cède sa place avant de descendre se reposer à son tour. Roman maintient le cap malgré les éléments déchaînés. Régulièrement, la coque semble se renverser et les barreurs retiennent leur souffle. Ils ne parlent pas pour économiser leurs forces, mais leurs visages crispés en disent long sur leur état. La peur obscurcit leurs regards à chaque fois qu'une vague s'effondre sur le pont. Roman s'excuse en pensée auprès des passagers de ne pas pouvoir naviguer de façon plus souple. Debbie se demande si le bateau va résister. Leur barquette est tellement malmenée dans ce bouillon frénétique qu'elle pourrait se disloquer à tout moment. Mais le matériel tient bon et le relais mis en place par l'équipage permet de garder espoir. Ils alternent ainsi pendant des heures les temps à la barre et les moments de repos, chahutés par le vent et l'océan qui jouent avec leurs nerfs et leur patience. Lorsque le bateau est au creux des vagues, les passagers ont l'impression que la nuit les enveloppe. Quand le voilier remonte, le chaos les entoure, les lames s'enchevêtrent, les éclairs déchirent le ciel de plomb, les averses embrouillent tout, la visibilité est insuffisante pour prendre des repères. Un seul but les préoccupe : rester à flot.

Pendant ce temps, le pédalo de Kimi dérive mollement. L'homme est toujours inconscient et ne voit pas la tempête approcher. Son esprit s'égare aussi. Il lévite au-dessus du brouillard de Megakarta. Les tours qui émergent scintillent au soleil couchant. Kimi contemple ces parois de verre et de métal au sommet desquelles il reconnaît des communautés en méditation comme la sienne. Chaque soir, les Oudjaïnites remettent leur vie et celles de la population entre les mains du ciel qu'ils vénèrent. C'est un moment privilégié d'apaisement collectif, une plénitude dont ils sont persuadés qu'elle est ressentie partout. Kimi est en paix. Vasko aussi. Il se réveille au moment où une vague plus puissante que les autres choque le voilier en lui arrachant un grincement alarmant. Le mât vient de céder. Il vacille et tangue avant de s'effondrer dans un fracas assourdissant, à peine couvert par la colère des vagues. Roman et Debbie ont juste le temps de s'écarter du mât qui fend la barre. Gina se réveille en catastrophe et suit Vasko sur le pont. Tous constatent l'état de désolation du voilier. Leurs regards effrayés se croisent. Il ne leur reste plus qu'à se barricader dans la cabine et laisser les éléments décider de leur sort. Gina tente de rassurer ses coéquipiers : « Le manuel de navigation précise que ce genre de coque est quasi insubmersible si la quille tient bon. Mais nous avons intérêt à nous cramponner, tant que la tempête fait rage ». Ses amis acquiescent et chacun se réfugie sur une couchette, prêt à subir la suite des événements. Le bateau tourne en tous sens, petite toupie perdue au milieu de l'immensité.

Cette vastitude convient à Kimi qui poursuit son rêve en survolant Megakarta. Il alterne les longs planés et les piquets vertigineux. Il teste ses aptitudes au vol, enchaîne les loopings et les freinages soudains. Si ses frères Oudjaïnites le voyaient, il le jalouseraient sans doute. Ses supérieurs le désapprouveraient sûrement. Lui se délecte de cette liberté nouvelle. Il frôle les parois de verre, remonte le long des arêtes métalliques, pique vers les moines en lévitation, farceur, avec l'intention de chatouiller leurs cheveux bleus du bout de ses ailes immaculées. Pendant ce temps, son embarcation l'emporte vers la tempête. Il la suit sans la rejoindre. Au loin, le plafond bas et charbonneux s'éclaircit. Les averses se tarissent. Les vagues perdent de l'amplitude. Kimi ne s'en soucie pas, toujours évanoui. Toujours épanoui.

Les navigateurs aussi se sont endormis. La tempête les avait épuisés et leur confinement forcé les a achevés. La mer a continué d'entraîner le voilier dans son tourbillon, mais le courant a perdu en intensité. Le bateau a résisté aux morsures de l'océan. Les passagers dorment comme des bébés, bercés par le roulis qui porte leur couffin. Les vagues montagneuses se font collines, le ciel reprend des couleurs, les embruns s'évaporent. Le paysage a des allures champêtres. On entendrait presque le pas d'un cheval sur un chemin. Poc poc, poc poc. C'est un martèlement doux qui réveille Vasko. Le bateau semble stable, mais cette percussion l'intrigue. Ses compagnons dorment encore. Il se lève prudemment, suivi du chat. Il ouvre la porte de la cabine et émerge sous un soleil aveuglant. La mer est plate. Soudain, Vasko découvre un pédalo dont la coque tape nonchalamment celle du voilier.

Kimi poursuit son vol libre au-dessus de la mégalopole. Il aperçoit la frontière et, au-delà, la mer, l'absence de brouillard, l'infini, irrésistible. Il vole à tire d'ailes. Le vent le porte. D'autres oiseaux planent, tournent, virevoltent dans le ciel, tels des cerfs-volants accrochés aux tours de Megakarta. Kimi approche de l'enceinte, la franchit, se mêle à la foule de ses semblables papillonnant au-dessus de l'océan. Le grand large l'appelle. L'immensité le magnétise. Il ne fait plus qu'un avec les éléments et les oiseaux qui l'entourent. Certains plongent dans l'eau, ressortent avec un poisson dans le bec. D'autres attrapent des insectes en vol. L'abondance de vie met Kimi en joie. Un rire guttural sort de sa gorge déployée. D'autres se joignent à son hilarité. C'est une belle journée. Soudain, les insectes tombent, sous l'œil stupéfait de leurs poursuivants. Les chants d'oiseaux se muent en toux. Les ailes se crispent. Les corps se paralysent en vol. Kimi ne contrôle plus ses membres et plonge comme une pierre.

Vasko lance un seau d'eau au visage de l'homme qu'il a remonté du pédalo sur le pont du voilier. Ses cheveux bleus perdent leur couleur. Kimi reprend son souffle en sortant de l'eau. Ses membres battent l'air comme s'il cherchait à échapper à la noyade. Puis, ouvrant les yeux, il retrouve son corps et son esprit. "Je ne suis pas un oiseau, pense-t-il, je suis sur l'océan." Il distingue à contre-jour quatre silhouettes penchées sur lui. Il tousse et se recroqueville comme s'il avait été roué de coups. « Prenez votre temps », le rassure Gina. « Vous êtes en sécurité », ajoute Debbie. « On aurait mieux fait de le balancer à la flotte, poursuit Roman, on va manquer de vivres ! ». Vasko intervient à son tour : « Tu as raison Roman, nous allons devoir nous rationner, mais à sa place nous aurions apprécié qu'on vienne à notre secours. » Gina demande : « Pourquoi nous avez-vous suivis ? » Le naufragé répond avec difficulté : « J'ai changé d'avis ». Debbie lui tend une bouteille d'eau. Kimi boit à petites gorgées, sous l'œil navré de Roman qui préfère s'éloigner de la scène en pestant : « Puisque c'est comme ça, je vais pêcher ! » Le chat le suit en se léchant les babines. Kimi se redresse, aidé par Vasko qui le soutient pour l'adosser à la cabine.

- C'est vous qui m'avez poursuivi avec deux autres Oudjaïnites, n'est-ce pas ? lui demande-t-il.
- Oui et vous m'avez échappé.

- Comment vous appelez-vous ?
- Kimi.
- Pourquoi dites-vous que vous avez changé d'avis ?
- Parce qu'en vous poursuivant jusqu'ici, seul à bord de ma petite embarcation, j'ai compris que cette traque n'avait plus de sens. Je me suis perdu en mer, je voulais vous attraper pour vous enfermer à Megakarta, mais j'ai trouvé la liberté. Or, j'ai l'impression que c'est ce que vous cherchez aussi. Je me trompe ?
- Vous avez raison, mais comment savoir si nous pouvons vous faire confiance ?
- Rien ne vous y oblige. Cependant, vu l'état de votre bateau, quelque chose me dit que nous allons devoir réfléchir ensemble à un moyen de poursuivre cette navigation, si nous voulons arriver quelque part.
- Dans ce cas, nous allons discuter entre nous avant toute chose.

Les quatre amis laissent le naufragé à l'avant du bateau, tandis qu'ils se regroupent à la poupe, pour convenir de son sort. Roman boude en pêchant et

fait mine de ne pas s'intéresser à la discussion.
- Nous devons voter, propose Gina.
- D'accord avec toi, poursuit Vasko. Qui est pour intégrer Kimi à notre équipage ?

Trois mains se lèvent. Roman ne bouge pas. Le chat non plus, sans intérêt pour la politique, la pupille rivée sur le fil à pêche.
- Roman, intervient Debbie, je te propose que nous gardions toujours un œil sur lui, tant que nous ne sommes pas certains de pouvoir lui faire confiance.
- Mmmh, marmonne le pêcheur sans se retourner.
- Très bien, conclut Vasko, informons notre nouvel équipier. Rejoignez-nous ! lance-t-il à Kimi.
- Bienvenue à bord ! déclare Gina.
- Nous vous considérons comme l'un des nôtres, mais vous ne serez jamais seul, tant que nous n'aurons pas pleinement confiance en vous, précise Debbie.
- Je comprends, répond Kimi. J'espère que je ne vous décevrai pas. En atten-

dant de vous rassurer, je suivrai vos instructions.
- Très bien, poursuit Vasko. Commençons par voir si nous pouvons réparer le mât et la barre.
Tous s'approchent du mât encastré dans la barre, au moment où Roman sort un gros poisson en criant de joie, accompagné des miaulements du chat.

Après de longs échanges et quelques croquis, puis de copieuses discussions autour du repas préparé par Roman, les passagers conviennent de la suite des opérations. Accompagnée par un ingénieux système de levage, la force des cinq coéquipiers permet de redresser le mât. Les outils à bord les aident à aménager de nouvelles fixations et, bientôt, les voiles sont relevées par Vasko et Gina, après avoir réparé les déchirures subies pendant la tempête. Kimi récupère la barre de son pédalo pour réaliser une réparation de fortune sur celle du voilier. Ainsi, le bateau finit par redevenir pilotable. Hélas, le vent n'est pas au rendez-vous. Après avoir menacé les passagers de détruire leur embarcation, la mer est infiniment plate. Kimi propose à ses coéquipiers de les initier à la méditation. « C'est un excellent moyen pour reprendre des forces, sans ressentir l'ennui du temps qui passe », argumente-t-il. Tous le suivent, sauf Roman, qui continue de pêcher. Mais le chat se joint aux méditants et le pêcheur ne peut s'empêcher de les regarder, en gardant ses distances. Vasko, Debbie, Gina et le chat, assis au poste de barre, sont immobiles et écoutent les instructions de Kimi qui les guide dans leur exploration : « Sentez l'énergie de la mer monter en vous et rejoindre le ciel pendant que vous inspirez. Expirez et ce flux redescend le long de votre colonne, vos jambes et sort de vos pieds. Laissez votre souffle entrer et sortir librement. » Chacun à son rythme, les apprentis savourent cet instant de calme, sous l'œil suspicieux de Roman. Il jette parfois un regard à sa ligne. Soudain, la grand-voile claque. Vasko et Gina quittent leur position et actionnent les treuils. La voile se gonfle. Le bateau se met en marche. Debbie et Kimi restent immobiles. Roman s'en aperçoit et pose son matériel pour s'occuper de la barre, reprenant le cap qu'ils avaient laissé avant la tempête.

Debbie suit Kimi qui vole au-dessus des flots. La caresse du vent dans ses plumes l'électrise. Elle se sent à la fois sereine et excitée. Elle n'a jamais rien ressenti de tel. Son guide s'élève et elle aussi prend de l'altitude. Au loin, une large bande de terre surligne l'horizon. Un continent les attend. Le cœur de Debbie s'emballe, comme si elle retournait chez elle. Elle bat des ailes plus vigoureusement, approche de l'oiseau qu'elle suit. Arrivée à sa hauteur, ce dernier lui suggère : « Patience, tu es sur la bonne voie. Garde des forces pour finir la traversée ». Debbie ouvre les yeux. Kimi est assis face à elle, souriant. Il lui adresse un clin d'œil dans lequel elle reconnaît la pupille de l'oiseau. « Ah, ça y est ! Vous avez fini de dormir, leur lance Roman. Vous allez pouvoir me relayer à la barre, pendant que je vais préparer le dîner. » Debbie le laisse descendre à la cabine en bougonnant. Elle reprend la barre et contemple le vent, les vagues,

ses amis. "Je suis chez moi", pense-t-elle, tandis que Kimi rejoint Roman en demandant : « Je peux t'aider ? » Le boudeur lui tend un seau de petits poissons en ajoutant : « Va vider ça ! On verra si tu es aussi doué que pour la sieste ! » Kimi s'exécute, suivi de près par le chat. Il vide les poissons dont le félin savoure les viscères. L'homme prend soin d'écailler la friture et d'ôter les arêtes avant de retourner vers le cuisinier. Ce dernier ne daigne pas commenter les filets parfaitement préparés, mais est épaté par l'efficacité de Kimi. « C'est bon, tu peux retourner aider les autres, je m'occupe de la suite », conclut-il, pour ne pas s'encombrer de la présence de celui qu'il considère toujours comme son ennemi. Pendant ce temps, Vasko laisse Gina gérer les voiles et rejoint Debbie à la barre.
- Tu veux que je te relaye ? lui demande-t-il.
- Non, je te remercie, je suis bien.
- Que penses-tu de Kimi ?
- Je n'ai aucun doute sur sa loyauté.
- Et Roman ?
- Il s'habituera.

- J'espère que l'avenir te donnera raison. Pour le moment, je le sens encore sur ses gardes.
- Cela ne l'empêche pas de nous préparer de bons repas, c'est l'essentiel, conclut la navigatrice avec un rire léger.
- Tu as raison, ces odeurs me mettent en appétit ! Je vais aller voir ce que nous prépare le chef.

En cuisine, Roman mijote les filets avec les derniers citrons.
- J'espère que nous arriverons bientôt, s'inquiète-t-il. Les réserves diminuent vraiment.
- Ne te soucie pas, tente de le rassurer Vasko. S'il faut, nous saurons nous contenter de tes pêches sans agrément. Et comment te sens-tu concernant Kimi ?
- Je vous fais confiance et c'est un bon équipier. Mais je me méfierai de lui tant que nous n'aurons pas mis pied à terre. En attendant, allons manger ces jolis filets !

Cette nuit-là, les navigateurs profitent, pour la première fois depuis longtemps, d'un repos bien mérité. Vasko et Kimi prennent le premier quart. Pendant que leurs coéquipiers dorment, les deux hommes se relaient à la barre. Vasko, concentré sur le cap, savoure cet instant de calme, surtout après les jours de tempête qu'ils ont subi. Kimi le sort de ses pensées :

- Je n'aurais jamais imaginé que des fonctionnels passent un jour la frontière.
- Moi non plus. Je ne savais même pas qu'il existait autre chose que Megakarta.
- Qu'est-ce qui s'est passé pour que vous en arriviez là ?
- Lorsque j'ai vu que Roman avait subtilisé cet objet, j'ai eu envie d'en savoir plus.
- Qu'avez-vous découvert ensuite ?
- La danse, la musique, la sculpture et ce que je ressentais en les découvrant m'a donné l'impression qu'une autre vie était possible. Vous aviez connaissance de ces choses, vous ?
- On pourrait se tutoyer, non ? Qu'en penses-tu ?
- Oui, tu as raison après tout, nous sommes dans la même galère à présent.

- Au monastère, nous avions de grandes collections de ces œuvres.
- Je l'ai constaté quand je suis allé dans la tour, mais je pensais que seuls quelques archivistes spécialisés avaient accès à ces trésors.
- Pour la plupart, c'est le cas, mais certaines œuvres ornent nos espaces communs, les bureaux des administrateurs système et certains d'entre-nous peuvent contempler ces merveilles quand bon leur semble.
- Pourquoi ces objets ne sont-ils pas à disposition des fonctionnels ? Pourquoi vider les musées, les théâtres et les bibliothèques ?
- Les gestionnaires de Megakarta pensent que si tout le monde y avait accès, chacun pourrait éprouver ce que tu as ressenti lors de tes découvertes. Or, les émotions sont proscrites, car elles pourraient déstabiliser le système.
- Je comprends. C'est ce qui s'est produit lorsque Roman a décidé de garder l'objet et que j'ai ouvert les fichiers. Mais pourquoi ceux qui accèdent à ces données ne sont-ils pas plus sensibles ?
- Chez les Oudjaïnites, la règle consiste

à concentrer l'attention des moines sur la prière. Nous ne nous préoccupons donc pas de nos sentiments ni de notre volonté propre.
- Les recycleurs n'ont-ils pas accès aussi à ces œuvres ?
- Si, mais eux se focalisent sur leur mission de production, largement valorisée par le culte quotidien qui leur est voué. Ils ne forment qu'un corps et ne vivent finalement que pour la survie de notre espèce.

Vasko reste songeur face à ces explications. Kimi poursuit :
- "Le cœur à ses raisons que la raison ne connaît pas".
- Que veux-tu dire ?
- C'est une phrase qui est gravée au-dessus de l'entrée du bureau de mon supérieur. Je crois qu'elle va plus loin que la pensée selon laquelle nous sommes uniquement manipulés par nos émotions.
- Ça me rappelle cette idée que j'ai découverte dans un des fichiers, le "supplément d'âme".
- Je crois en effet que nous avons tous

quelque chose à trouver au-delà de nous-mêmes.
Debbie remonte à cet instant de la cabine en bâillant.
- C'est à mon tour de barrer. Allez vous reposer.
- À vos ordres, capitaine ! déclare Vasko, sans se faire prier.
Les deux hommes descendent dormir, mais les idées se bousculent dans l'esprit de Vasko qui ne trouve pas tout de suite le sommeil. Kimi, qui n'a pas perdu toutes ses habitudes, remercie le ciel de l'avoir fait rencontrer cet équipage accueillant et s'endort satisfait.

Le jour suivant, avant que le soleil se lève, Vasko se réveille mollement à la barre. Soudain, il aperçoit une ombre au-dessus du bateau. Il se frotte les yeux en pensant que ses rêves ne l'ont pas encore tout à fait quitté. Il s'étire et en levant les yeux, il distingue mieux ce qui les survole. "On dirait un oiseau", pense-t-il. Une deuxième silhouette passe, puis un groupe. Certains oiseaux s'attardent et tournent autour du voilier. Vasko descend réveiller discrètement

Roman pour ne pas être seul à les observer. Son coéquipier émerge lentement, mais une fois sur le pont, il saute de joie quand Vasko lui montre les oiseaux.

- Hourra, nous sommes sauvés ! Nous allons bientôt arriver ! Tu te rends compte ? J'ai lu dans le manuel que la terre n'est jamais loin quand on aperçoit les oiseaux.
Son ami tempère son enthousiasme :
- Restons prudents. Ne faisons pas trop de bruit, au cas où nous ne serions pas les bienvenus. Et je ne veux pas te décourager, mais nous ne savons pas si nous trouverons facilement de bonnes conditions de vie ici.
Gina sort de la cabine, réveillée par la conversation des deux amis.
- Que se passe-t-il ? Pourquoi as-tu crié, Roman ?
- Chut ! lance ce dernier. On ne doit pas se faire repérer.
Le chat, Debbie et Kimi sortent à leur tour, heureux de contempler le ballet des oiseaux. Vasko argumente de nouveau en faveur d'une arrivée discrète.

- Soyons vigilants. Nous ne savons pas si nous sommes loin de la terre ni ce que nous allons y trouver. Je propose que nous poursuivions nos tours de garde et que chacun reprenne ses tâches, tant que nous n'aurons pas accosté.
- Tu as raison, déclare Debbie. Évitons d'attirer l'attention. Faisons-nous signe quand l'un d'entre nous verra la côte.
Tous acquiescent et poursuivent leurs manœuvres. Le chat fait un brin de toilette en gardant un œil sur les oiseaux. Un gargouillis s'échappe de son ventre, remarqué par Roman qui lui offre le premier petit poisson qu'il pêche. Debbie remplace Vasko à la barre. Ce dernier rejoint Gina pour vérifier que tout est en place au niveau des voiles.

Quant à Kimi, il s'apprête à méditer à l'avant du voilier, quand il aperçoit comme une forme à l'horizon. Il cherche à faire la mise au point et ses yeux distinguent mieux les contours au fur et à mesure que le bateau avance. Il se retourne et constate que Debbie a vu aussi l'île qui se détache de plus en plus. Les autres passagers ressentent leur en-

thousiasme silencieux qui attise leur curiosité. Tous les regards pointent dans la même direction vers laquelle Debbie oriente l'embarcation. L'île semble petite, peu escarpée, mais couverte de végétation. Derrière, l'horizon se grise d'une forme plus vaste. Gina, l'œil pétillant, retient un cri de joie et interroge Vasko :
- Tu penses que nous vivrons heureux là-bas ?
- J'espère.
- C'est sûr, affirme Roman qui les a rejoint.
- Commençons par explorer cette île, propose Debbie. Nous pourrons découvrir ensuite le continent.
Les passagers acquiescent et Vasko ajoute : « Longeons la côte pour trouver le meilleur endroit où accoster ». Les abords de l'île qui font face à l'océan sont hérissés de rochers déchiquetés qui dévalent des pentes abruptes dont les hauteurs sont coiffées d'une flore luxuriante. Le tour de l'île ne laisse entrevoir aucune entrée possible. Cette terre inhospitalière semble avoir été posée sur la mer avec l'intention de repousser

toute exploration. Même les oiseaux ne semblent pas s'y installer, ils ne font que la survoler et se dirigent sans hésiter vers la terre plus lointaine. Après en avoir fait le tour, la nuit tombant, les navigateurs décident de jeter l'encre à proximité de l'île et d'attendre le lendemain pour approcher de la côte.

Ce soir-là des feux brillent au loin. Le chat les remarque en premier et ses miaulements alertent Roman qui les voit à son tour.
- Regardez ! Il y a sûrement des gens qui vivent là-bas.
- Tu as raison, répond Debbie. J'espère qu'ils accepteront de nous aider.
- Prenons le temps de réfléchir à nos réactions, selon l'accueil qu'ils nous réserveront, propose Vasko.
Les aventuriers passent ainsi une partie de la soirée à imaginer les différentes options, chaleureuses ou belliqueuses qui pourraient se présenter à eux.

Troisième partie

Le voilier avance prudemment en direction de la côte. En s'approchant, les passagers observent qu'elle s'étend sans fin, d'un côté comme de l'autre.
- Impossible d'approcher sans être vus, constate Vasko.
- Espérons que les habitants de cette région seront amicaux, déclare Debbie.
- Les poissons sont différents ici, remarque Roman, en sortant de l'eau une ligne à laquelle est accroché un spécimen argenté qui met l'eau à la bouche de tout l'équipage.
- Nous avons intérêt à prendre des forces avant d'accoster, estime Gina.
Les regards scrutent la côte où brillaient des feux la veille. Le voilier longe le rivage et approche d'une crique qui semble faite pour le bateau. Bientôt les voiles sont affalées et l'ancre est jetée. Sur la berge, une pirogue apparaît à l'embouchure d'une rivière et, à son bord, des silhouettes pagayent avec force. À l'approche de l'embarcation, les navigateurs constatent que ce sont des femmes. Elles sont vêtues de tissus amples. Leurs bras nus rament en cadence. La pirogue glisse vivement sur

l'eau et aborde le bateau. La première qui monte à bord pose son regard sur chacun des passagers, en silence. Debbie l'accueille aussi respectueusement que possible :
- Bienvenue à bord. Nous cherchons une terre où nous installer. Est-ce possible ici ?
- Je pense que vous venez de cet endroit que nos ancêtres ont quitté il y a longtemps. Vous pouvez séjourner chez nous le temps que vous souhaiterez.
- Merci. Je suis Debbie et voici Vasko, Gina, Roman et Kimi. Comment vous appelez-vous ?
- Je suis Watakapi, cheffe de la tribu des Ganxu. Suivez-moi !
Les passagers quittent leur voilier et suivent leur hôtesse dans la pirogue. Chacun trouve une place entre les rameuses qui mettent l'embarcation rapidement en mouvement. Le chat hume l'air à la proue. La cheffe se tient fermement debout à l'arrière de la pirogue. Une légère brise soulève ses cheveux, noirs comme les plumes de ses boucles d'oreille. Les visiteurs n'osent pas briser le silence rythmé par les coups de pa-

gaies. Les rameuses sont si appliquées à leur tâche que nul ne souhaite les déconcentrer. Arrivées à l'embouchure de la rivière, les femmes tendent aux visiteurs des pagaies pour qu'ils contribuent à l'effort nécessaire pour aller contre le courant. Watakapi passe à l'avant et leur fait signe de suivre sa cadence. Après avoir remonté le cours d'eau bordé d'une lisière impénétrable, la troupe s'engage sur un autre bras, lui aussi entouré de végétation. Des papillons bleus flashent sur le vert intense. Le son feutré des pagaies et de la pirogue qui glisse sur l'eau semble suivre le rythme des bruits dont résonne la forêt. Arrivée à une clairière, la cheffe stoppe d'un geste l'embarcation et annonce : « À partir d'ici, les femmes peuvent venir avec moi, mais les hommes ne sont pas autorisés à aller plus loin. Des membres de notre communauté vont s'occuper de vous. Nous continuons. » Vasko, Roman, Kimi et le chat laissent Gina et Debbie partir à contrecœur. Mais cette dernière les rassure : « Nous nous retrouverons plus tard. » Puis les femmes continuent de remonter le courant.

De la végétation sort un groupe de femmes, par un chemin que les visiteurs n'avaient pas remarqué. Elles encadrent les hommes et leur font signe de les suivre. Ces derniers échangent des regards interrogateurs. Le sentier s'enfonce dans la forêt peuplée de stridulations lancinantes. L'air est moite et la chaleur rend la marche difficile. Le parcours évolue dans un relief densément boisé. Les fourrés bruissent de bestioles qui s'échappent à leur approche. De hauts troncs s'élancent. De leurs branches pendent des lianes. Des animaux sautent d'un arbre à l'autre. Des oiseaux colorent furtivement les cimes. Des plantes poussent à tous les étages. Par moment les voyageurs distinguent la mer à travers les feuillages, mais bientôt le groupe s'éloigne de la crique et passe une crête avant de gagner une vallée voisine. Au loin, des voix résonnent, puis des chants.

Les visiteurs sont accueillis dans un village de huttes de terre coiffées de larges palmes. Le chat fait connaissance avec d'autres spécimens de son espèce.

Les trois amis sont orientés vers un espace ouvert dont le sol est tapissé de nattes tressées et couvert d'un toit semblable à celui des habitations qui l'entourent. Des femmes sont assises çà et là, adossées aux poteaux de la structure, certaines dans des hamacs. Une femme fait signe aux voyageurs de s'asseoir. Vasko, Roman et Kimi saluent celles qui les entourent. Des hommes arrivent chargés de plateaux de fruits et de plats qu'ils disposent près des nouveaux arrivants. Une femme tape dans ses mains et les hommes repartent en s'inclinant. Elle s'assoit près de Vasko et déclare : « Nous allons nous occuper de vous. » D'autres femmes s'installent près de Roman et Kimi. « Vous devez avoir faim », ajoute la plus proche de Vasko. Ses longs cheveux noirs encadrent son visage. Elle pose un regard bienveillant sur son invité. Assise à côté de lui, elle prend une feuille de bananier et y dépose une bouchée de poisson sur une portion de riz.
- Bienvenue et bon appétit. Je me nomme Tamitoxacota, mais tu peux m'appeler Tami.

- Merci pour ton accueil Tami, je suis Vasko et nous sommes très honorés d'être vos hôtes.
- Mangez à votre faim et reposez-vous, vous en avez bien besoin.
Roman ne se le fait pas répéter et se régale des plats qui l'entourent. Une femme s'approche de lui et entreprend de lui masser les pieds.
- Tu as l'air si fatigué. Je vais prendre soin de toi. Je suis Kopunawiti.
- Merchi, répond Roman, la bouche pleine. Ton machage est auchi délichieux que che plat.
La jeune femme lui pose un doigt sur la bouche, en ajoutant :
- Chuuut ! Savoure. Mon nom vient d'une fleur dont le parfum est plus doux qu'un nuage.
Puis, ajoutant le geste à la parole, elle passe sous le nez de Roman une fleur au parfum capiteux. Le voyageur se détend et s'étire voluptueusement.
Kimi est accompagné quant à lui par une jeune femme au regard profond. Elle lui offre un fruit ouvert comme un cœur palpitant. Il reçoit le présent avec respect et le goûte avec satisfaction.

- Je m'appelle comme ce fruit : Zarigonamatra. Et toi ?
- Je suis Kimi. Merci Zari.
Puis elle le contourne et lui masse les épaules, la nuque, le crane.

Vasko se délecte des plats que lui serre Tami et se réjouit de voir ses amis entre de bonnes mains. Son hôtesse entame un chant apaisant qui l'entraîne dans une certaine torpeur. La voix monte en volute vers la cime des arbres, puis s'amplifie pour envelopper le village. Avant de fermer les yeux, Vasko voit Kimi laisser sa tête reposer entre les mains de Zari, et Kopunawiti masser Roman. Ce dernier contemple les mains fines de son hôtesse prendre soin de ses mollets, de ses cuisses. Il ronronne de bonheur à chaque bouchée et encourage la jeune femme à poursuivre ses caresses relaxantes. Elle lui tend une coupe en bois fumante. Elle souffle sur le breuvage et porte le récipient aux lèvres de Roman en chuchotant : « Bois ! et tes rêves seront plus doux que jamais. » Le liquide est chaud, mais pas trop, la saveur douce et forte à la fois. Les doigts de la jeune femme caressent le visage de plus en plus détendu. Puis Roman s'endort, repu.

Pendant ce temps, Debbie et Gina s'installent sur une plateforme dans les arbres. Elles ont remonté un moment le cours d'eau en pirogue et sont arrivées fatiguées au village de Watakapi. Elle les a accompagnées chez elle, en haut d'un arbre monumental. Puis elles ont emprunté une passerelle de corde pour rejoindre la frondaison voisine. Le soir est tombé et les sons de la forêt ont perdu de leur intensité. Au-dessus de la plateforme, des nattes tendues protègent de l'humidité qui goutte des cimes. Au-delà, les deux visiteuses aperçoivent le ciel étoilé.
- La nuit sera douce, leur annonce leur hôtesse. Demain, vous me raconterez votre voyage et je vous présenterai notre tribu. Restaurez-vous et reposez-vous en attendant. Vous n'aurez qu'à souffler la lampe quand vous serez prêtes à dormir, conclut-elle, en montrant une flamme dans une écuelle remplie d'huile, près d'un plateau couvert de victuailles.

Les invitées remercient la cheffe qui disparaît dans l'ombre.
Les deux amies mangent avec plaisir, puis Debbie prend la parole :
- J'espère que les garçons vont bien. C'est quand même curieux que nous soyons séparés.
- Je t'avoue que je serai rassurée de les revoir bientôt. Je te propose que nous passions la nuit ici et que nous visitions poliment la tribu demain, mais nous demanderons à Watakapi de les rejoindre dès que possible.
- Tu as raison, j'ai hâte que nous soyons de nouveau réunis pour nous installer quelque part.
Puis Debbie et Gina s'allongent, fatiguées, et le sommeil ne tarde pas à les emporter.

Le lendemain, Vasko se réveille lentement, caressé par les rayons du soleil et bercé par les sons de la forêt qui ont repris. Il s'étire et ouvre les yeux, mais ne reconnaît pas l'endroit où ils ont passé la soirée. Il est dans une petite hutte et la lumière lui parvient d'une lucarne dont il s'approche en se demandant comment il est arrivé ici. Dehors, il reconnaît le village et, au centre, l'endroit où on les a si bien accueillis, mais tout semble vide. Enfin, entre deux maisons, une femme apparaît, suivie d'un homme à quatre pattes tenu en laisse. "Qu'est-ce que c'est que ça ?" s'interroge-t-il. « Hey ! Ouvrez-moi ! » lance-t-il, après avoir constaté que la porte est fermée. Mais la femme fait comme si elle ne l'entendait pas et poursuit son chemin avec son homme qui la suit docilement. Vasko passe la main par la lucarne et l'agite en appelant encore. Quelque chose le pique et il s'effondre, instantanément endormi. De l'autre côté de la place, Kimi, réveillé par l'appel de Vasko, s'est approché de la lucarne de sa hutte et a eu le temps de voir une femme souffler une fléchette à l'aide d'une sarbacane sur la main de son ami. Il s'apprête à appeler à son tour, mais un visage apparaît devant la lucarne. Il reconnaît Zarigonamatra qui lui fait signe de se taire.

- Tu vas être bien sage et faire ce que je te dis, sinon tu vas subir le même sort que ton ami et dormir jusqu'à ce que tu

obéisses. Est-ce que c'est clair ?
Kimi opine, en pensant que s'il veut sortir de ce piège avec ses camarades, il va devoir obtempérer.
- Nous n'aimons pas les hommes ici. Nous les trouvons décoratifs à la rigueur, mais surtout utiles pour nous servir. Si tes amis et toi voulez survivre dans cette jungle, vous ferez ce que nous vous ordonnons et tout se passera bien.

Dans la canopée, à quelques kilomètres de là, Debbie et Gina se réveillent inquiètes.
- J'ai un mauvais pressentiment, déclare Gina.
- Moi aussi et j'ai fait des rêves désagréables, confirme Debbie.
- Ne restons pas là, essayons de retrouver rapidement les garçons.
Watakapi arrive et les salue :
- J'espère que vous êtes bien reposées. Venez ! je vais vous faire visiter notre communauté.
Ne leur laissant pas le temps de l'interroger, elle emprunte la passerelle de corde. Les deux amies échangent un re-

gard approbateur en pensant qu'il vaut mieux la suivre pour le moment.
- Voici ma maison, déclare la cheffe, où nous allons nous arrêter le temps de nous restaurer un peu. Vous avez sûrement beaucoup de questions. Sachez pour commencer que nos arrière-arrière-grands-parents sont venus ici pour fuir la ville, car certains refusaient de se soumettre au pouvoir des administrateurs système et de leur directoire. Ils ont donc organisé une évasion et sont partis dans l'espoir de trouver une nouvelle terre d'accueil. Ainsi, pendant que vos arrière-grands-parents naissaient des premiers programmes de production et que le culte des recycleurs et des Oudjaïnites devenait la norme, nos aïeux naissaient ici, libres.

Une femme apporte un plateau et le pose entre les convives avant de quitter les lieux.
- Servez-vous, les invite Watakapi, en croquant dans un fruit. Nous avons trouvé ici tout ce dont nous avons besoin pour vivre en paix.
- Pardonnez ma curiosité, mais pour-

quoi vivez-vous sans les hommes ? intervient Gina.
- Nos ancêtres ont rencontré les habitants de cette région quand ils sont arrivés ici. Ceux qui les ont accueillis vivaient déjà sous la direction des femmes. Leurs discussions les ont amenés à conclure que l'organisation de Megakarta au profit des hommes n'était pas souhaitable ici. Ils ont décidé de séparer les hommes des femmes et de répartir différemment les décisions et les tâches. Ils pensaient que les hommes n'étaient pas prêts à vivre de façon équitable avec les femmes. Peut-être un jour le seront-ils, mais pour le moment, nous confirmons les choix que nos aïeux ont faits : ce sont les femmes qui dirigent et nous en sommes très heureuses, comme vous allez pouvoir le constater. Venez !
La cheffe leur fait signe de la suivre en descendant l'échelle de corde qu'elles ont montée la veille.

Dans la forêt, Roman se réveille avec un sourire radieux. La première chose qu'il voit, ce sont les mains de Kopunawiti, posées sur son torse. Dessus, le visage de la jeune femme lui sourit aussi. Il sent son corps posé sur le sien. Autour d'eux la forêt semble déjà pleine d'activité.

- Tu as beaucoup dormi, déclare celle qui porte le nom d'une fleur dont le parfum est plus doux qu'un nuage.

Elle sent le sexe de l'homme se dresser contre le sien. Son bassin oscille lentement et le corps de Roman frissonne d'excitation. Leurs bouches se rencontrent et leurs langues se retrouvent. Roman se souvient avoir rêvé de cette saveur cette nuit. A-t-il vraiment rêvé ? Son hôtesse se redresse et lui avoue :

- Nous nous sommes enfuis. Mes cousines et moi t'avons charmé avec tes amis, pour faire de vous nos serviteurs, mais j'ai eu envie de te garder pour moi seule et je t'ai enlevé.

Devant le regard interrogateur de Roman, Kopunawiti poursuit.

- J'ai profité que tu étais drogué et que tout le monde était endormi pour t'emmener loin du village. Je ne veux plus vivre selon les principes de nos grands-parents. Je suis sûre que nous pouvons envisager les choses différemment

maintenant. Mais notre tribu suit les ordres de Watakapi qui ne veut rien changer.
- Et Vasko ? Et Kimi ?
- Nous irons les libérer si tu veux.
- Bien sûr, je ne veux pas qu'ils soient les serviteurs de tes cousines. Et Debbie et Gina ?
- Elles sont en sécurité avec notre cheffe. Nous irons les chercher aussi si tu le souhaites. Mais d'abord, je sens que ton corps a besoin d'autre chose.
Puis elle reprend ses caresses et Roman retrouve la volupté dans laquelle il s'est endormi la veille. La jeune femme est experte en effleurements de toutes sortes. Roman n'a jamais rien connu de tel et se laisse emporter par le tourbillon de désir dans lequel sa compagne l'entraîne. Watakapi sent quand Roman est prêt de défaillir et calme ses ardeurs pour mieux les attiser ensuite. Tous deux jouissent pleinement de l'instant. Elle avec la délectation de celles qui savent, lui avec la surprise de ceux qui découvrent.

Au village, Kimi suit Zari. "C'est fou comme son regard, mystérieux hier soir, est devenu autoritaire aujourd'hui." Il n'est plus sous le charme de sa séduisante hôtesse, mais décide de la suivre pour le moment, pour mieux s'échapper plus tard. Tous deux s'approchent de Tami.
- Où est Kopunawiti, lui demande Zari.
- Je ne sais pas, répond-elle.
- Va la chercher. Je m'occupe de ces deux-là, conclut Zari, en montrant Kimi d'un signe de tête et la hutte dans laquelle on entend Vasko ronfler légèrement.
Kimi observe le plus discrètement possible ce qui l'entoure. Des petites huttes comme celle où se trouve Vasko jouxtent des cases plus hautes. Il en déduit que ce sont les "niches" des serviteurs à côté des logements de leurs maîtresses.
- Qu'est-ce que tu fouines, toi ? Lui lance Zari, en lui assénant une tape derrière la tête. Entre là-dedans ! ajoute-t-elle en ouvrant la porte.
Kimi s'approche de Vasko et s'assure qu'il dort bien. La porte se referme. Zari

appelle une autre femme qui passe au loin et la rejoint. "Dans quelle galère sommes-nous tombés ?" s'interroge Kimi. Il essaye en vain de réveiller son ami, puis reprend son observation par la lucarne. Une femme traverse la place avec un homme en laisse. Ce dernier semble vouloir s'arrêter. La femme lui donne une tape sur le nez, en ordonnant : « Avance ! » Plus loin, une fillette joue avec un petit garçon en laisse. Il est sur le dos et elle lui gratte le ventre. Une adulte passe près d'eux et dit à la fillette : « Ne joue pas trop avec lui, tu vas lui donner de mauvaises habitudes. » La fille tire alors sur la laisse en ordonnant : « Assis ! » Et le garçon s'assoit sans broncher. « C'est bien ! » le félicite-t-elle, en lui tapotant le haut du crâne.

Kimi n'en croit pas ses yeux. "Il faut que nous quittions cet endroit au plus vite". Son regard passe des habitations à l'installation centrale, où ils ont été accueillis la veille. L'ensemble est entouré d'une végétation dense. "Nous devons retourner au bateau ! Mais avant, il faut retrouver Roman, Debbie et

Gina", pense-t-il en regardant Vasko, comme si ce dernier pouvait l'entendre.

Debbie et Gina passent la matinée à écouter les explications de Watakapi en visitant les habitations dans les arbres où elles rencontrent les femmes qui vivent là. Elles sont de la génération de Watakapi pour la plupart, souvent entourées de nombreuses filles. Certaines, quasi adultes, s'occupent des plus jeunes, tandis que quelques femmes plus âgées préparent le repas.
- Vous semblez très organisées, commente Debbie, alors que la cheffe leur explique comment fonctionne la cuisine.
- Il le faut, car nous devons veiller à ce que personne ne manque de rien. Après manger, je vous emmènerai visiter notre école. L'éducation des filles est un point clé de l'équilibre de notre communauté. Elles apprennent au contact de leurs aînées et en transmettant à leur tour ce qu'elles ont appris aux plus jeunes. Nos mères leur enseignent tout ce qu'elles doivent savoir. Venez ! Je vais vous présenter la mienne, Chandragalia.
Les visiteuses découvrent une femme ri-

dée, affairée autour d'un foyer où cuisent plusieurs plats.

- Bonjour mère, lui lance assez fort Watakapi. Nous avons des invitées.

- Bonjour, bonjour, répond la cuisinière sans s'arrêter. Vous m'excuserez, mais j'ai encore à faire. Nous pourrons discuter plus tard.

- Laissons-la, propose la cheffe, en entraînant Debbie et Gina vers un espace où d'autres femmes sont déjà installées pour le repas.

La suite laisse sans voix les deux invitées. C'est un ballet d'hommes qui passe entre les convives en portant des plats. Toutes mangent en silence et lorsque les assiettes sont vides, la chorégraphie reprend. Debbie et Gina se lancent des airs interrogateurs. Ce qui n'échappe pas à la cuisinière qui les a rejoints.

- Nos coutumes vous surprennent beaucoup, n'est-ce pas ?

Les deux visiteuses acquiescent.

- C'est sûr que comparés à vos rations de granulés, nos repas doivent vous sembler copieux, poursuit Chandragalia. Et vous n'êtes pas habituées à un tel service, évidemment. Mais vous verrez, on s'y fait vite ! Puis elle repart vers son foyer.

- Ma mère n'a pas connu Megakarta, poursuit Watakapi, mais sa mère lui a raconté ce que lui avaient dit nos ancêtres. Puis elle nous a transmis son savoir pour ne pas oublier d'où nous venons. Ici, vous n'aurez plus à subir la domination des hommes.

- Merci, répond Debbie, mais nos amis nous manquent et nous avions envisagé d'explorer la région avec eux. Quand pourrons-nous les rejoindre ?

- Demain si vous voulez. Aujourd'hui nous allons poursuivre la visite. J'ai hâte de vous présenter ma grand-mère. Elle vous racontera l'histoire de notre tribu. Mais pour le moment, allons à l'école.

Roman se sent comme un petit enfant dans les bras de sa maîtresse. Il n'avait jamais imaginé pouvoir éprouver autant de plaisir.

- Tu sembles connaître toutes les subtilités du corps. Qui t'a appris ? lui demande-t-il.

- Je t'expliquerai bientôt, répond la jeune femme en se levant. Mais pour le moment, nous devons nous assurer que tes amis vont bien. Retournons au village, ajoute-t-elle en tendant sa main à Roman pour qu'il se lève. Fais bien attention, suis-moi comme une ombre et sans bruit ! Si mes cousines nous retrouvent, vous ne pourrez plus jamais repartir.

À ces mots, elle s'accroupit soudain, entraînant son compagnon vers le sol. Roman suit son regard et aperçoit une silhouette à travers le feuillage. Kopunawiti a reconnu Tami. Sa cousine est une chasseuse hors pair, mais elle-même est plus affûtée. Immobile, elle ordonne du regard à Roman de ne pas bouger. La silhouette se déplace sans bruit dans la forêt, mais ne découvre pas les fugitifs. Elle poursuit sa quête et, lorsque sa cousine estime qu'elle est assez loin, elle fait signe à Roman de se relever doucement. Il se déplace en suivant sa guide, comme s'il était son reflet dans un miroir. Les deux corps bougent lentement, frôlant à peine les plantes qui les entourent. La jeune femme connaît la forêt par cœur et, tel un félin, se faufile avec une parfaite discrétion. L'homme la suit en répétant ses gestes au millimètre. Au loin, ils perçoivent les sons du village. Kopunawiti se baisse sous une grande feuille, imitée par Roman. Ils s'assoient tous les deux. Elle lui chuchote à l'oreille : « Ne bouge pas d'ici. Sois plus silencieux qu'une pierre. Je vais aller voir où sont tes amis et je reviens. » Roman acquiesce et observe sa guide s'éloigner comme une feuille portée par le vent.

Dans la hutte, Vasko remue imperceptiblement, mais suffisamment pour que Kimi s'en aperçoive. Il chuchote : « Vasko, tu m'entends ? » Mais son ami reste endormi. Kimi lui caresse le front et poursuit : « Réveille-toi, s'il te plaît ! Nous devons partir d'ici ». Vasko réagit mollement. Il grimace un peu. Son corps se recroqueville. « Je ne sais pas ce qu'elles t'ont administré, mais c'est puissant ! Fais un effort, je t'en prie ! Il faut que nous quittions cet endroit maudit ! » Vasko entend des bribes. Il sent une main sur son visage. Il aimerait bouger, mais ses membres ne répondent pas. Seules ses lèvres parviennent à émettre un son. Il marmonne quelque chose d'incompréhensible, mais cela suffit à Kimi pour reprendre espoir et lui conseiller : « Essaye de te lever ! Je vais t'aider. » Puis, passant ses bras sous les épaules de Vasko, Kimi tente de le faire asseoir. Le poids du corps anesthésié ralentit chaque mouvement. Kimi soutient Vasko, mais ce dernier n'a aucun tonus. « Quelle poisse ! Combien de temps va-t-on devoir patienter avant que tu sois de nouveau sur pieds ? » Résigné, il repose son ami qui reprend sa position allongée comme si rien ne l'avait fait bouger. Kimi retourne à la lucarne et continue d'observer les allées et venues. À la lisière, il lui semble apercevoir quelque chose. Un courant d'air peut-être. Sur la place, une femme passe en poussant un homme chargé de bois. Une autre tire la laisse d'un serviteur dont les bras sont encombrés de fruits. Des fillettes jouent çà et là, avec ou sans garçon en laisse. Les villageoises vaquent à leurs occupations habituelles. La lumière décline. Kimi écoute ses pensées : "Le soir approche. J'espère que demain Vasko sera remis. S'il va mieux cette nuit nous pourrons peut-être tenter quelque chose." Dans le noir, il perçoit l'arrivée grouillante des insectes de la nuit. Alors il s'assoit près de son ami et se met à méditer, l'enveloppant de pensées protectrices.

Plus loin, autour d'un feu, des femmes sont réunies sur une plate-forme. Elles écoutent la grand-mère de Watakapi. La voix de la vieille femme résonne sous les arbres qui semblent l'écouter aussi. Debbie et Gina, épuisées par leur journée de visite et repues du repas du soir, se laissent porter par les paroles de la conteuse.

- C'était il y a longtemps. Nos grands-parents s'apprêtaient à quitter la ville. Ils avaient préparé leur départ. Les embarcations étaient prêtes. Bientôt, ils monteraient à bord, espérant rejoindre une terre plus hospitalière. Certains avaient senti le vent tourner. Ils avaient vu les nuages s'amonceler, le mensonge s'installer. L'un d'eux, un Oudjaïnite, avait vu en songe l'ombre recouvrir le monde au-delà de la ville. Une autre, ma grand-mère, était une des dernières coordinatrices avant la mise en place des administrateurs système. Elle connaissait les projets de ceux qui allaient prendre le pouvoir. Ils organisaient leur emprise discrètement depuis longtemps. Bientôt les recycleurs tiendraient la ville et personne ne pourrait s'y opposer. En revanche, ce que les réfractaires prêts à partir ignoraient, c'est que le jour de leur départ, un autre événement se préparait. Afin de couper l'envie à tous les fonctionnels de franchir la frontière, toute vie serait bientôt anéantie au-delà des hauts murs de la ville. Les aventuriers poursuivirent donc leurs préparatifs et, un matin, juste avant le lever du soleil, les trois équipages se dirigèrent vers leurs bateaux avec insouciance. Ma grand-mère et l'Oudjaïnite étaient dans le premier avec six autres passagers. Ils quittèrent la rive et le vent gonfla bientôt les voiles. Le deuxième bateau suivait, avec autant de passagers à son bord, mais le troisième restait à quai. Ne pouvant faire demi-tour, les premiers partis observaient de loin, impuissants, l'équipage visiblement coincé par un problème technique. Tous s'affairaient sur le pont, mais le bateau stagnait sur la rive, au pied des murs immenses de la ville. Soudain, une rafale de détonations partit des hauteurs de la frontière. Les remparts soufflaient des nuées grises. Un brouillard se forma et enveloppa tout au-delà de la frontière. Le vent poussait les deux premiers bateaux, mais le troisième ne bougeait toujours pas. Du ciel, des oiseaux commencèrent à tomber. Puis des insectes. Les animaux fuyaient, mais ceux qui sortaient du nuage finissaient par tomber dans l'eau. Les passagers du troisième bateau tombèrent aussi par-dessus bord. Imaginez la stupéfaction de ceux dont les voiles assuraient l'évasion ! Des cris de douleur, de colère et de rage lancés vers l'horreur se perdaient dans l'air. La frontière cachée derrière son écran de fumée ne renvoyait aucun écho. Les deux bateaux s'éloignaient, emportant des passagers en larmes. Par chance, la portée du brouillard toxique n'était pas suffisante pour les atteindre. Alors ils acceptèrent leur sort, celui de réussir pour ceux qui avaient échoué. Par chance, leur voyage les mena jusqu'ici. Par chance ils furent bien accueillis. Par chance, d'autres ont pu profiter du bateau qui était resté. Mais je suis une vieille femme fatiguée, il est tard et je dois aller me coucher.

Au village, la nuit a plongé les habitants dans le sommeil. Une ombre passe entre les huttes et s'approche de celle où sont enfermés Vasko et Kimi. Kopunawiti les observe par la lucarne. Le premier dort encore et le second est assis en médiation. Son esprit vagabonde dans la forêt. Il s'insinue sous les mousses, frôle les écorces, caresse l'humus. Quelque part, une cascade retentit. Il s'en approche et découvre un homme qui s'apprête à se baigner. La chute d'eau brumise le bassin. La silhouette s'avance pas à pas dans l'eau. L'homme est immergé jusqu'aux genoux. Il se déplace tel un animal de la forêt. Les muscles de ses cuisses, de ses fesses et de son dos saillent à chaque mouvement. Il s'enfonce à mi-cuisses et se retourne comme s'il sentait Kimi l'observer. C'est un bel homme à la peau

cuivrée. Son buste pourrait être celui d'un chasseur, mais c'est un serviteur. Kimi l'a déjà croisé. Il est sans laisse et son regard brille d'une intense liberté. Soudain il se retourne et plonge dans l'eau. Un souffle sort Kimi de sa rêverie. C'est Kopunawiti qui l'interpelle :
- Approche ! Je vais vous sortir de là.
Kimi se lève et répond à Kopunawiti avec enthousiasme :
- Merci ! J'espère que nous allons pouvoir réveiller Vasko.
La jeune femme ouvre la porte silencieusement et froisse une poignée de feuilles sous le nez de l'endormi. Il se réveille avec un air étonné. Kopunawiti lui explique :
- Tu as été drogué, mais tu ne devrais plus ressentir trop d'effets. Lève-toi ! Nous allons rejoindre Roman.
Vasko se lève en titubant un peu, mais Kimi le soutient et Kopunawiti ajoute :
- Attendez-moi un instant ! Je vais libérer les hommes pour faire diversion et nous irons chercher vos amies.
Une à une, Kopunawiti ouvre les portes. Certains hommes hésitent à sortir. D'autres s'enfuient sans demander d'ex-

plication. Kopunawiti rejoint Vasko et Kimi en chuchotant : « Allons-y ! » Deux hommes leur emboîtent le pas et, au moment où la jeune femme s'apprête à les chasser, Kimi reconnaît celui dont il a rêvé et demande : « S'il te plaît, laisse-les venir avec nous ! ». Elle entraîne alors les quatre hommes à sa suite dans le dédale de la végétation.

Au matin, les bêtes de la forêt accueillent bruyamment le lever du jour, sans se soucier de ce qui se trame au village. Zari se réveille avec le vacarme matinal et s'apprête à rejoindre Tami. En traversant la place, elle constate que les portes des cases des serviteurs sont ouvertes. Sa sœur arrive et jette un regard interrogateur à Zari. Cette dernière lui lance : « Ne reste pas plantée là ! Vérifie toutes les niches ! Ensuite nous partirons en chasse. » Tami s'exécute et referme les portes des cases dont les hommes n'ont pas osé bouger. De retour auprès de sa sœur, elle lui dit : « Deux niches sont vides en plus de celle des étrangers. » Zari ne répond même pas. Son regard furieux suffit à sa sœur pour qu'elle la suive sans poser de question. Toutes deux arment leurs sarbacanes et cherchent les traces des hommes qui se sont enfuis. Elles reconnaissent les empreintes de Kopunawiti, mêlées au pas des hommes qui la suivent. « Traîtresse ! » lance Zari. Un cheveux par ici, une herbe écrasée par là, le groupe n'a pas eu le temps de brouiller les pistes. La direction qu'indiquent leurs pas ne laisse aucun doute sur leur destination. Zari enrage : « S'ils sont partis dans la nuit, à l'heure qu'il est, ils ont sûrement atteint les plateformes dans les arbres. » Puis, furieuse, elle ouvre la porte d'une niche, sort l'homme et le pousse au milieu de la place. « Regardez tous ! Si vous sortez, voilà ce qui vous arrivera » et d'un geste, elle ordonne à Tami de l'abattre. La chasseuse ajuste rapidement sa sarbacane, souffle sa flèche qui vient piquer le cou du serviteur. Sous le choc du poison violent, il s'écroule sur le sol en convulsant, puis rend un dernier souffle en bavant. Les deux femmes suivent alors la piste des fugitifs en se fondant dans la forêt.

Gina et Debbie dorment encore lorsque Kopunawiti grimpe l'échelle de corde qui mène à leur terrasse. Les hommes restent en bas, cachés en silence. Debbie rêve d'un village où tout est apaisé. Ses amis sont occupés à des tâches quotidiennes et semblent heureux. Roman prépare le repas autour d'un feu. Gina revient de la forêt, les bras chargés de longues feuilles qu'elle porte à Kimi en train de tisser. Elle-même assemble les tresses pour en faire des cloisons pour la case dont Vasko termine la toiture. Un murmure la sort du sommeil : « N'aie pas peur ! Je suis venue avec tes amis qui nous attendent en bas. Nous devons partir d'ici. » Malgré sa surprise, Debbie réveille Gina et lui fait signe de ne pas faire de bruit. Elle lui chuchote : « Les garçons nous attendent, allons-y ! » Telles des ombres, les trois silhouettes glissent en bas de l'arbre et rejoignent les hommes cachés. Les embrassades sont courtes. Kopunawiti les invite à la suivre sans parler. Tous obéissent. Elle les emmène par un autre passage que celui qu'ils ont emprunté pour venir. Soudain un bruissement les fait s'arrêter. La guide est sur ses gardes. Le groupe immobile retient son souffle. Le chat sort des fourrés et manque d'être terrassé par une fléchette de la sarbacane que Kopunawiti pointe sur lui. L'animal se réfugie entre les jambes de Vasko. La chasseuse lui jette un regard sévère, mais les yeux ronds du chat l'adoucissent et, après un soupir de soulagement, les fugitifs reprennent leur route.

Dans les grands arbres, Tami et Zari exposent la situation à Watakapi qui ne décolère pas que les gardes n'aient pas entendu les voyageuses partir. La cheffe donne des instructions aux femmes qui l'entourent : « Partons par deux. Que chaque duo prenne une direction différente. Nous ne devons négliger aucune piste. Ces étrangers ne nous échapperont pas ! » Elle-même part avec une chasseuse. Les groupes rayonnent et s'éloignent, en scrutant chaque indice qu'auraient pu laisser les fuyards. Zari et Tami trouvent rapidement leur piste et accélèrent le pas. Elles les suivent en se faufilant sous les feuilles. Leur cousine a choisi d'emprunter un sentier fréquenté par les animaux de la forêt. Les effluves des bêtes couvrent l'odeur du groupe, mais quelques traces ne trompent pas. Certaines branches cassées trahissent le passage d'un gibier plus gros que d'habitude. Le groupe a de l'avance, mais les deux chasseuses, plus fines et plus légères, connaissent le terrain. Elles se rapprochent et pressentent que la rencontre est imminente. La traque se poursuit à flanc de colline, gagne une crête et redescend côté mer. Zari chuchote à sa sœur : « Ils cherchent à regagner leur bateau, nous devons les attraper avant qu'ils n'atteignent la côte. »

Se sentant traquée, Kopunawiti indique à ses protégés de se faufiler individuellement vers la rive. Chacun suit le reflet de l'eau qui apparaît parfois entre les branches. Vasko, suivi de près par le chat, avance en écoutant les vagues. Debbie serpente entre les arbres. Kimi aimerait contempler davantage. Roman commence à avoir faim. Gina espère qu'ils arriveront tous sains et saufs. Les deux serviteurs se demandent s'ils ont bien fait de quitter leur niche. Pendant ce temps, Kopunawiti fait une boucle et passe derrière leurs poursuivantes. Elle les observe, arrêtées et ne sachant plus quelle piste suivre. Les deux sœurs se séparent. Les fugitifs approchent de la côte. Le chat hume l'air iodé. Debbie s'apprête à sortir de la forêt. Kimi voit de plus en plus le ciel bleu entre les arbres. Kopunawiti piste Tami. Zari est sur les talons de Roman. Ce dernier écarte des feuilles devant lui et apparaît à la lisière. Debbie l'aperçoit. Vasko arrive juste après. Puis Kimi et Gina. Kopunawiti voit Tami souffler dans sa sarbacane. L'un des serviteurs tombe, il a trébuché sur une branche et, par chance, la flèche atterrit sur la plage. En revanche, la chasseuse elle-même est atteinte par une flèche de Kopunawiti. Pendant ce temps, Zari a visé Roman qui s'effondre. Kopunawiti pousse un cri et tous se précipitent sur leur ami. Avant que sa cousine ne pointe une nouvelle cible, Kopunawiti vise et touche Zari, empoisonnée à son tour. Puis la jeune femme rejoint le groupe autour de Roman et les sort de leur stupéfaction : « Vite, ne traînons pas ! D'autres vont arriver. Nous devons filer au bateau. » Elle les entraîne, sidérés, vers une pirogue qu'elle libère de la rive. Tous embarquent, sous le choc et rament machinalement. Lorsqu'ils sont à mi-chemin, une flèche se plante sur la coque. Watakapi et une autre chasseuse sont à leurs trousses. Leur pirogue arrive à l'embouchure de la rivière. La cheffe tente de nouveau d'atteindre les fugitifs, mais la portée de sa sarbacane n'est plus suffisante. Celle qui l'accompagne rame de toutes ses forces, mais ne parvient pas à réduire l'écart avec la pirogue propulsée par plusieurs passagers. Les fuyards arrivent au bateau éclairé par le soleil levant, mettent les voiles et entendent Watakapi crier de sa pirogue : « Ne remettez jamais les pieds ici ! » Ils ne se le font pas répéter et bientôt le bateau longe la côte vers le Sud.

À bord, tous pleurent Roman, surtout Kopunawiti. La jeune femme laisse éclater sa peine. Gina la soutient, mais pleure elle aussi. Debbie maintient le cap, laissant le vent sécher ses larmes. Vasko manœuvre les voiles, les yeux trempés. Kimi médite pour accompagner l'âme de leur ami resté sur la plage. L'homme dont il avait rêvé s'approche et s'installe face à lui. L'autre serviteur libéré découvre le matériel de pêche de Roman et lance une ligne dans le sillage du voilier. Au loin, sur la plage, il aperçoit les silhouettes des chasseuses sortir de la forêt. Puis, toutes disparaissent de nouveau dans la végétation, abandonnant Roman sur la plage. Une nuée d'oiseaux blancs décolle de la rive, tourbillonne autour du corps étendu, monte en colonne, puis quitte la côte en direction du nord, comme pour emporter le défunt vers un nouveau voyage. À l'opposé, le bateau file à bonne allure, avec son équipage silencieux. La journée s'écoule tristement et l'embarcation met de la distance entre les fuyards et leurs poursuivantes.

Sortant de sa méditation, Kimi découvre celui qui lui fait face. Leurs regards les enveloppent.

- Comment t'appelles-tu ? demande Kimi.
- Les femmes ne nous ont pas donné de nom. Elles nous ont toujours dit que nous n'étions rien.
- Si tu n'es personne, que dirais-tu si on t'appelait Ulysse ?
- Ça me plaît !
Kimi attrape les mains d'Ulysse et tous deux sentent une grande vague d'émotion les traverser.
- Désolé de vous interrompre, intervient celui qui pêchait, mais pouvez-vous m'aider à sortir cette belle prise ?
Le chat accueille le gros poisson avec des yeux brillants de gourmandise et l'équipage s'affaire autour de ce repas bienvenu. Seule Kopunawiti reste terrassée par la perte de celui qu'elle a à peine eu le temps d'aimer. Malgré leur peine, les autres reprennent quelques forces en mangeant. Ce soir-là, le bateau glisse sur les eaux côtières, bercé par un chant triste murmuré par la chasseuse inconsolable. Mais elle finit par s'endormir, comme les autres membres d'équipage. Debbie et Vasko prennent le premier quart. Assis l'un à côté de l'autre à la

barre, ils scrutent les étoiles, espérant un clin d'œil de leur ami perdu. Leurs visages tournés vers le ciel, épaule contre épaule, ils sentent leurs mains se frôler, faire connaissance. Bientôt leurs regards se croisent et leurs bouches se rencontrent. Leur premier baiser les empêche de voir passer une longue étoile filante au-dessus du voilier.

Le lendemain, Gina est à la barre quand elle distingue une crique accueillante. Elle interpelle l'équipage qui décide d'accoster. Kimi et Ulysse partent en éclaireurs et reviennent enthousiastes. Sans en dire davantage, ils invitent leurs compagnons à les suivre et, au détour d'une falaise, le groupe découvre une cascade scintillante traversée par un vol de perroquets colorés. L'endroit fait l'unanimité et l'équipe s'installe. Pendant que Vasko et Debbie s'occupent du bateau, les autres aménagent les abords de la cascade pour établir le campement. Gina propose au pêcheur de l'aider à chercher du bois pour le feu.
- Toi non plus tu n'as pas de nom ? Tu

aimerais t'appeler comment ?
- J'aime bien l'oiseau qui nous réveille le matin, le paypayo. Je pourrais m'en inspirer. Que penses-tu de Payo ?
- Parfait, Payo !
Pendant ce temps, Kopunawiti tente d'oublier son chagrin en cherchant les matériaux qui leur permettront de construire des cases.

Ulysse et Kimi de leur côté explorent les alentours. En remontant le cours du ruisseau dont jaillit la cascade, ils découvrent une piscine naturelle et ne résistent pas à l'envie de s'y baigner. Ils plongent dans l'eau claire et nagent tranquillement. Le courant emporte leur lassitude. Kimi fait la planche en noyant son regard dans le ciel bleu. Ulysse s'approche en nageant et sa main glisse sur le corps flottant. Kimi ferme les yeux et se laisse explorer. Il se sent détendu et excité à la fois. Il reprend pied au fond de l'eau et enlace son amant. Leurs bustes s'épousent. Les mains d'Ulysse caressent le dos de Kimi qui masse ses fesses musclées. Leurs doigts savourent leurs peaux. Ils apprivoisent leurs sexes fougueux. Les deux hommes s'aiment comme s'ils se connaissaient depuis toujours.

De retour au campement, les autres n'ont pas besoin de leur demander ce qui leur arrive. Lorsqu'ils les voient marcher main dans la main et irradier de bonheur, ils savent que ces deux-là ne se quitteront plus. Vasko et Debbie ont débarqué et aident Kopunawiti à construire les cases. Les deux amoureux se joignent à eux et les travaux sont bien avancés quand le soir arrive. Gina et Payo appellent bientôt l'équipe pour le repas. Après le dîner, Kopunawiti prend la parole :
- J'ai décidé de partir. J'aurais aimé construire avec vous une nouvelle vie ici, mais sans Roman, je sens qu'une autre destinée m'appelle. Je veux aller à Megakarta. Je veux savoir d'où sont partis mes ancêtres, découvrir d'où vous êtes venus et, qui sait ? Peut-être que je pourrais libérer quelques fonctionnels !
Ulysse et Kimi se regardent et ce dernier annonce :
- Si tu veux bien, nous aimerions t'ac-

compagner. Je pense que je pourrais associer des Oudjaïnites à ton projet et t'aider à le concrétiser.

La chasseuse acquiesce et Debbie enchaîne :

- Vasko et moi, nous voulons rester ici pour créer une nouvelle communauté égalitaire. Dit-elle, en posant sur Vasko un regard plein d'amour. Mais nous serons heureux de vous revoir si vous souhaitez revenir.

Gina et Payo, après un court silence, répondent ensemble :

- On reste aussi.

Le chat s'installe sur les cuisses de Vasko et ronronne en regardant le feu crépiter.

Certains passages de ce roman ont été inspirés par les œuvres de grand·e·s artistes. Vous en avez sans doute reconnu certaines, d'autres vous ont peut-être échappé.

Par ordre d'apparition, merci à Vasco de Gama pour son inspiration voyageuse ; à George Orwell d'avoir publié *1984* en 1949 – Bob Grither est un petit cousin de Big Brother – à Salvador Dalí d'avoir peint des montres molles sur *La Persistance de la mémoire* en 1931 ; à Pina Bausch d'avoir chorégraphié *Le Sacre du printemps* en 1975 ; à Chimalma, déesse aztèque de la renaissance, d'avoir guidé Vasko jusqu'à Debbie l'exploratrice ; à Henri Bergson d'avoir émis l'idée en 1932 que "le corps agrandi attend un supplément d'âme, et que la mécanique exigerait une mystique" ; à Claude Debussy d'avoir composé *La mer* en 1905 ; à Geena Davis et Susan Sarandon d'avoir interprété *Thelma et Louise* en 1991 ; à Antonia Eiriz d'avoir peint *La Anunciación* en 1963 et à Fra Angelico d'avoir peint *L'Annonciation* en 1426 ; à Auguste Rodin d'avoir sculpté *Le Baiser* en 1881 et à Anna Halprin et sa troupe de l'avoir mis en mouvement au début des années 2000 ; à Jeanne Benameur d'avoir écrit *L'exil n'a pas d'ombre,* en 2019 ; à Frans Krajcberg d'avoir offert, à partir des années 1960, une seconde vie à ses frères arbres emportés par les flammes ; à Sophie Calle d'avoir créé en 1997 son *Régime chromatique* ; à Hokusai d'avoir peint *La Grande Vague de Kanagawa* en 1830 ; à Richard Bach d'avoir écrit *Jonathan Livingston le goéland* en 1970 ; à la vie d'avoir créé tant de merveilles.

Benoît Houssier invente des histoires depuis toujours et en écrit depuis plus de 10 ans. La vie, la mort, l'amour et l'humour noir palpitent dans ses aventures. Au fil des pages, des personnages très attachants croisent des monstres. L'action se passe dans des situations très réelles ou des univers fantastiques, où se glisse parfois un grain de folie.

Du même auteur :

Empreintes, recueil de nouvelles
novembre 2017
Éditions BoD – Books on Demand
ISBN : 978-2-322-10014-9

Mémé Justice, petit roman policier
novembre 2018 – Éditions BoD
ISBN : 978-2-322-08999-4

Libérez la page blanche ! Jeux d'écritures
novembre 2018 – Éditions BoD
ISBN : 978-2-322-16618-3

Pulsions textuelles, recueil de nouvelles
juillet 2023 – Éditions BoD
ISBN : 978-2-322-48664-9

Émotions écrites, pistes d'écriture
à explorer seul ou en ateliers
novembre 2023 – Éditions BoD
ISBN : 978-2-322-51822-7

Recueils de poésie :
édités à compte d'auteur par Benoît
Houssier, illustrés par Maud Morel
et imprimés en 90 exemplaires :

Peu avant l'ombre,
poésies et proses libres
imprimé par Scopie à Toulouse
Novembre 2021

Du temps à l'espace
imprimé par Pixartprinting
Novembre 2022

Livres jeunesse :

Quête à rebours,
un conte presque merveilleux
août 2019 – Éd. BoD à partir de 9 ans
ISBN : 978-2-322-03201-3

Sauvetage, illustré par Michèle Caranove
nov. 2020 – Éd. BoD à partir de 8 ans
ISBN : 978-2-322-27440-6

Interdit de rêver, dystopie fantastique
juin 2021 – Éd. BoD à partir de 10 ans
ISBN : 978-2-322-26922-8

Les murmures de la forêt
illustré par Maud Morel
avril 2024 – Éd. BoD à partir de 14 ans
ISBN : 978-2-322-53677-1

Un petit supplément drame
Imprimé à compte d'auteur
© 2024 Benoît Houssier

Merci à Christine et Kriss pour leur relecture attentive et encourageante !

Édition : BoD · Books on Demand GmbH, In de Tarpen 42, 22848 Norderstedt (Allemagne)
Impression : Libri Plureos GmbH, Friedensallee 273, 22763 Hamburg (Allemagne)
ISBN : 978-2-3225-3994-9
Dépôt légal : novembre 2024